JN300253

# 世界が今夜終わるなら

Written by
GAKU-MC

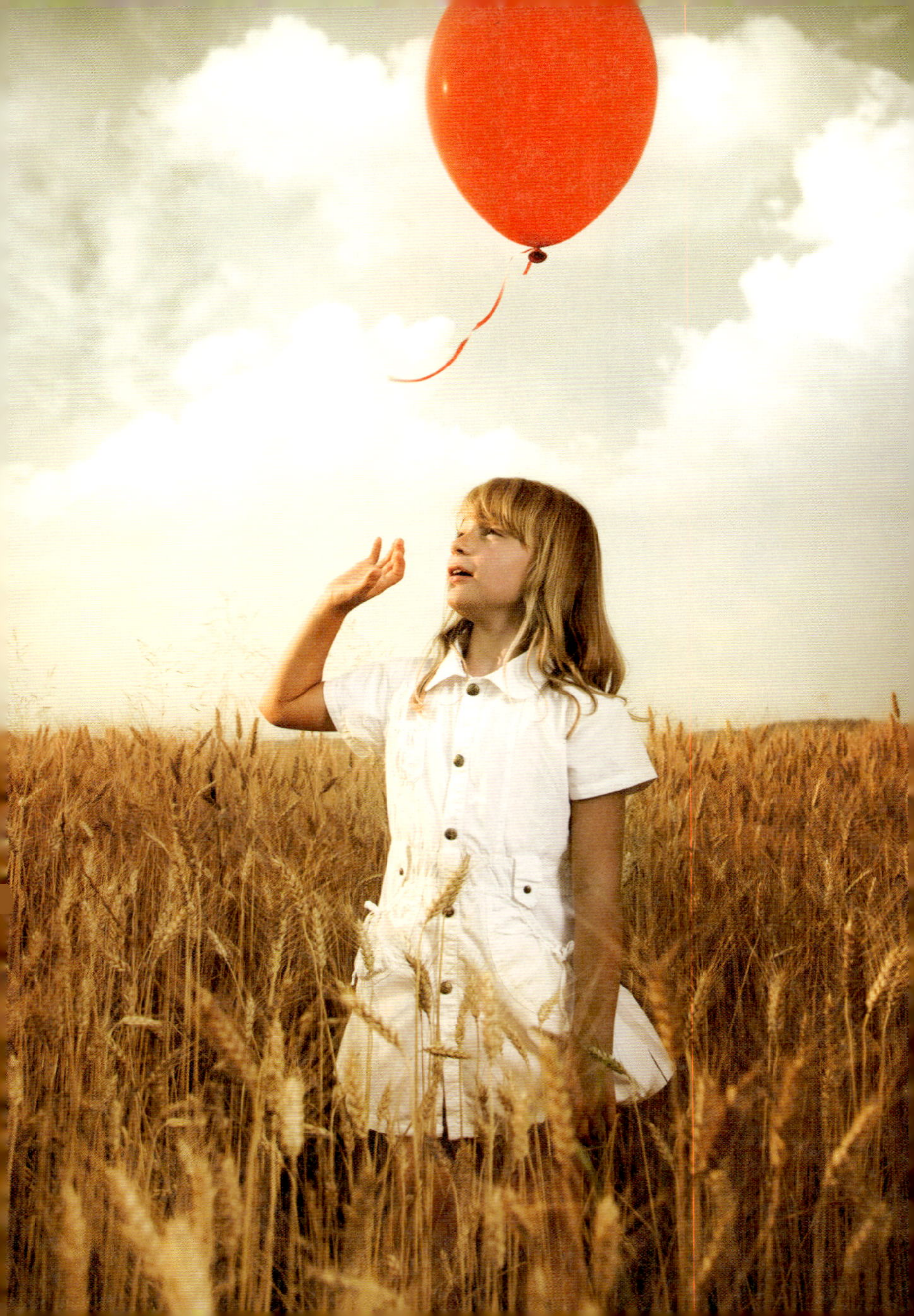

プロローグ

　やがてそう遠くないいつか、その日は必ずやってくる。
　予兆や前触れもなく、突如その日は現れるかもしれない。ココロの準備もクソもなし。態勢を整える前に、いきなり目の前にやってくる。気が付いた時にはもう既に手遅れ。完全なる敗北みたいなその日の襲来。そんな感じでやってくる。
　もしくはそれはこんな感じでやってくるかもしれない。
「なんだかいつもと違うなあ、ここんとこ。ちょっと気になることがあってね、え、君も？」
　こういった話を、しばしば聞くようになるんだ。うわさ話や都市伝説。でもそれがいつの頃からか、だんだんと現実味をおびてきて、ある日、ドカン。そんな感じでやってくる。
　その日はみんなのもとに、平等にやってくるかもしれない。あるいは、僕のところにだけ、ふっと訪れるかもしれない。

　一つだけわかっていること。その日は必ずやってくるということだ。
　どんな人の前にもそれは必ずやってくる。生まれたばかりの赤ん坊、思春期の青年、働き盛りのビジネスマン、一家の大黒柱、大家族の母、有識者、犯罪者、先生、生徒、雇用者、労働者、定住者、旅行者…どんな人にも、だ。立場は関係ない。肌の色、住む地域、性別、年代、国籍、趣味趣向も不問。必ず、やってくる。
　老若男女問わず。それがルールだ。その日は必ずやってくる。

　世界が終わる夜。

　おしまいは必ずやってくる。当たり前のこと。この世界で最も明確な事実の一つ。世界は必ず終わる。残念ながらそれを回避する方法はなく、

だからこそ一日一日を無駄には出来ない。果たして僕にとってのその日は、"いつ"やってくるんだろう？　そしてそれは"どんなふうに"やってくるのだろう？

　幸せなことに僕は、音楽を生業にすることが出来た。理想と現実は必ずしもイコールではないけれど、それでも気が付けば十余年が過ぎた。その間、ありがたいことに沢山の出逢いに恵まれた。僕にはない才能を持った沢山の人達との出逢い。立ち止まった時に背中を押してくれる旋律。手に取って読んだ本。アドバイスをくれる仲間。メールや手紙で頂く感謝や激励。その度に僕は思った。言葉ってすげえな、と。

仮にこの世界が今夜終わるなら、僕は何をするのかな？
残された時間が限られてるなら、君は何をするのかな？

　世界が終わる夜を迎えるにあたり（いつだろうね、実際）、出逢った言葉達からヒントを得よう。教わった言葉。頭をよぎった言葉。ふっと湧いて出た言葉。書きなぐられた言葉。歌になった言葉。言葉、言葉、言葉。心の起伏、衝動、そして感情。自分の真ん中にある気持ちを伝えるのはいつだって言葉だ。

　同じ言葉を扱う者として、尊敬すべき素敵な言葉の使い手27人に逢いに行った。自分が選ぶ道を、自分のリズムで歩く、人生の旅人達に逢いに行った。最後の夜に、彼らは何をするんだろう。最後の過ごし方はきっと、その人が本当に大切にしていることなんだ。余計なモノが取っ払われて、そぎ落とされて、最後に残った一番の核。それを知りたい。それを知ることが、その人が発した言葉の本当の意味を知ることだと思うから。

　自分らしい最後をイメージすることで始まる、新しい一日。まだあるはず

の近未来。誰と逢い、何処へ向かい、何をするか。
　世界が終わる。それは地球という世界かもしれないし、一個人の"人生"という名の世界かもしれない。

　もし今夜、世界が、命が終わるとしたら、あなたは、どんな一日を過ごしますか？

　想像してみよう。
　最高の人生を送るために。


この本の執筆中に、東日本大震災が起きた。対談をした27人。そのうち数名は2011年3月11日以降に話を聞いている。"それ以前とそれ以降"。"いつの日か来る、遠い未来の一日"ではなく、"実際に可能性のある日"として、その胸のうちを語ってくれた人もいる。震災により亡くなられた方々にご冥福を。そしてその家族の方々に心よりお見舞いを。

GAKU-MC

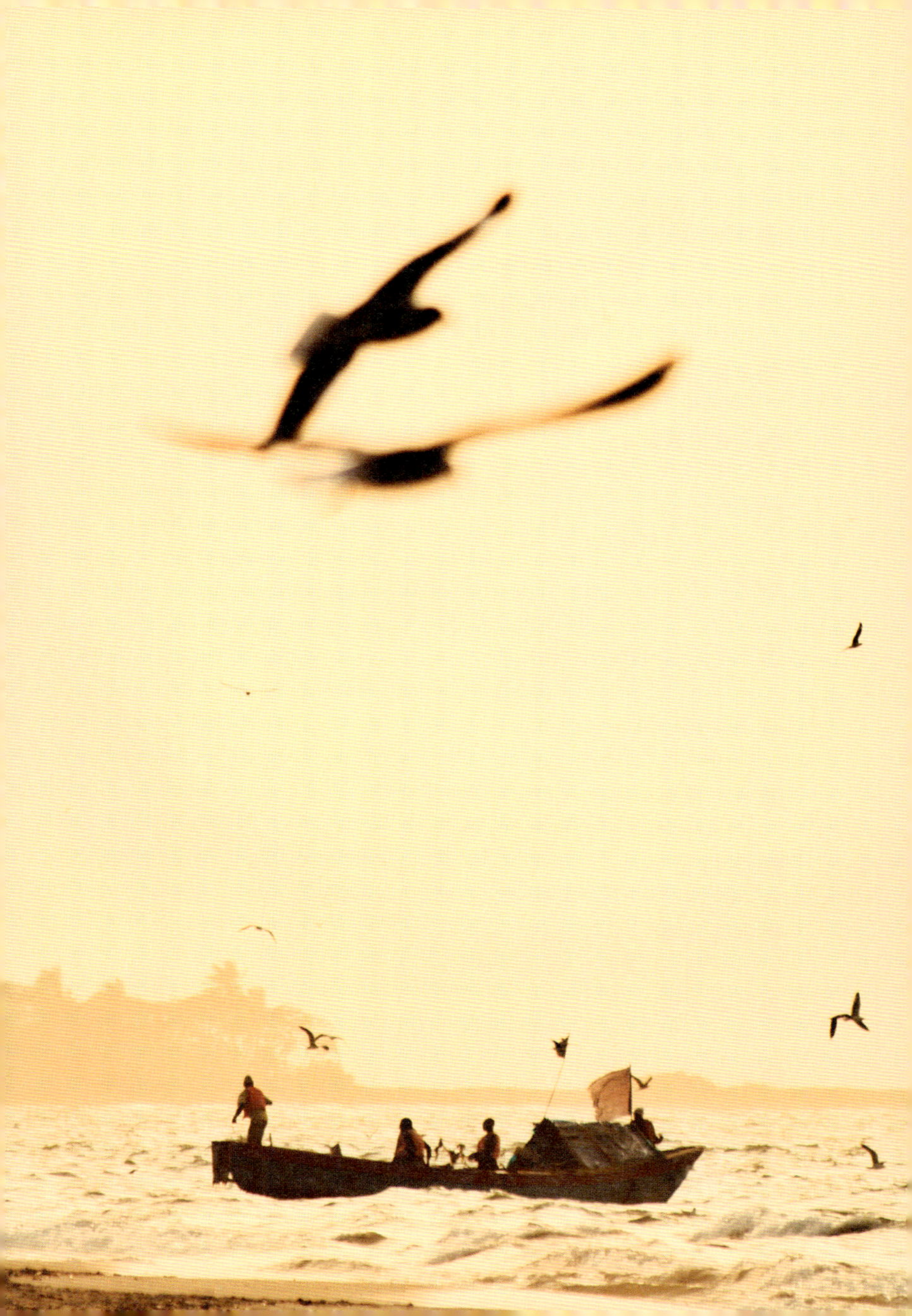

## 目 次 CONTENTS

- **12** 西原 理恵子  Rieko Saibara
「愛と笑いと毒を持つ漫画家かあさん」

- **18** 桜井 和寿（Mr.Children）  Kazutoshi Sakurai
「楽しみを奏でる歌唄い」

- **24** 栗城 史多  Nobukazu Kuriki
「無限の可能性に挑戦し、冒険を共有するメッセンジャー」

- **30** 三代目魚武濱田成夫  Sandaimeuotakehamadashigeo
「"俺"を突き詰める、唯一無二のプロフェッショナル」

- **36** SPEECH  Speech
「扉を開け続けるオリジネイター」

- **42** 清水 圭  Kei Shimizu
「あらゆるツボを打ち抜く、お笑いスナイパー」

- **48** エリイ（Chim↑Pom）  Ellie
「現代芸術の崖っぷちをスキップする紅一点」

- **54** 斎藤 誠  Makoto Saito
「笑顔のギタリスト」

- **60** 小倉 隆史  Takafumi Ogura
「生き返ったレフティー・モンスター」

- **66** SOFFet  SOFFet
「絶妙なバランスで未来へ走る、幼なじみのスウィンギン・ブラザーズ」

- **72** 椎名 純平  Junpei Shiina
「愛と笑いに満ちたRhodes弾き」

- **78** 四角 大輔  Daisuke Yosumi
「旅をするように生きる、新時代の遊牧民」

- **84** ヨースケ@HOME  Yosuke@HOME
「名前通りの空気を纏う、愛すべき歌唄い」

- **90** 広瀬 香美  Kohmi Hirose
「環境問題を笑い飛ばす、プロフェッショナルボーカリスト」

- **96 Candle JUNE** Candle JUNE
  「生ききることに情熱を燃やす男」
- **102 小林 武史** Takeshi Kobayashi
  「志に沿い、出逢いを奏でるプロデューサー」
- **108 マエキタ ミヤコ** Miyako Maekita
  「チャーミングに世界を変えるメッセンジャー」
- **114 乙武 洋匡** Hirotada Ototake
  「6900000000分の1。チャレンジを続けるメッセンジャー」
- **120 ナイス 橋本** Nice Hashimoto
  「HIP HOP 界の ONE AND ONLY」
- **126 セヴァン・カリス＝スズキ** Severn Cullis-Suzuki
  「世界を守るために飛び回る環境活動家」
- **132 東田 トモヒロ** Tomohiro Higashida
  「自分を表現し続ける旅人ミュージシャン」
- **138 ハセベ ケン** Ken Hasebe
  「渋谷から日本の未来を見据えるポップな政治家」
- **144 akko (My Little Lover)** akko
  「変革を続ける Acoustic Lover」
- **150 松本 圭介** Keisuke Matsumoto
  「今この瞬間を丁寧に生きるお坊さん」
- **156 川原 尚行** Naoyuki Kawahara
  「思ったら即行動の熱きドクター」
- **162 高橋 歩** Ayumu Takahashi
  「夢と冒険に生きる自由人」
- **168 澤 穂希** Homare Sawa
  「誉れ高き 世界のなでしこ」

- **180 世界が今夜終わるなら** GAKU-MC

# 世界が今夜終わるなら

Written by
GAKU-MC

愛と笑いと毒を持つ
漫画家かあさん

# 西原 理恵子
Rieko Saibara

西原 理恵子  Rieko Saibara

　僕の家庭に新しくやってきた命。2008年4月。想像はしていたけれど、「これほどまでとは」。それが正直な感想。家族を持って子供を育てる。想像を遥かに超えて大変で、でも楽しくて毎日が充実。生活が劇的に変わった。わからないことだらけで、でも立ち止まる訳にはいかなくて、とにかくやらなくてはならないことが増えて、だから目まぐるしく日々が過ぎてゆく。

　子育て。
　沢山の書物を読んだ。父としてのあり方。躾の仕方。家庭のあるべき姿。本屋さんのコーナーには山のように育児書が積まれている。考え方がいろいろとあって、どれも正解なんだろうけれど、解釈の違いが多様にある。遠い世界の話だと思っていたけれど、遂にその世界に足を踏み入れてしまった、そんな感じ。あんまりにも読みすぎて、ちょっと疲れたりもした。ふう。そういうタイミングで出逢った本。それが『毎日かあさん』。
「子育て逃避漫画です。男の子がこんなにも馬鹿で、女の子はすぐに腹黒くなってゆく。そういうことを社会はあんまり教えてくれなかった。教科書にも書いてない。だから描いたのよ」
　こんなに笑える漫画を読んだのは久しぶりだ。すぐに出ている全ての『毎日かあさん』を買いそろえた。子育てに奮闘するかあさんの視点で描かれてはいるけれど、新米パパの僕が読んだって十分笑えた。何度も何度も読み返して、そしてまた笑った。
「例えばね、男の子はトンボがいたらとりに行こうとする。どこにいたって。四車線道路の向こう側のトンボをとろうとしてそこに飛び出したりする。母親は子供の指の骨が折れるくらい握っている。信用してないから。動いている電

車を平気で触ろうとしたりもする。どんなに怒ってもすぐ忘れる。馬鹿よねえ」

　漫画家・西原理恵子はとにかく魅力的な人だ。愛があって、笑いがあって毒がある。人間の綺麗な部分にもそうでない部分にもきちっと光を当てて、僕らを魅了する。彼女のバックグラウンドを僕は彼女の他の作品、『女の子ものがたり』で知った。
「漫画で描いたとおり、新宿のミニスカパブでずっとバイトしていた。歌舞伎町の朝5時。バイトが終わって帰る。朝、そこに広がる世界は本当に駄目な人達の見本市みたいな景色。いつも涙ぐみながら帰ってた。だけど時給良かったのよ。美大に通っていた頃はお金がなくて、でも絵の具を買わなくてはいけなくて。筆だって1万、2万はする。もう時給効率のいいものにするしかない。エロ本のカット描きもした。そのバイトをしているうちにだんだんとそれが増えてきた。美大で授業料を払って絵を見てもらうのと、絵を描いてお金をもらうの、どっちがいいかって言ったら、もらうほうが絶対いいから、本業をまるでしなくなった。大学時代の思い出、だから一切ないですね」

　笑えて泣ける。どの西原作品にもしっかりとそれがある。そのギャップに僕はやられる。この人の人生の波瀾万丈を読んで、また僕はやられた。
「旦那は戦場カメラマンでした。真っ当に新婚生活をしたのは半年ぐらい。離婚するまでは本当に大変だった。離婚した後も関係は切れず、子供達に父親がいないっていうのは嫌だったし。現実は見せるべきでしょ」
　かなり危ない酔っぱらいおじさんとして『毎日かあさん』に度々登場していた鴨ちゃんこと鴨志田穣さん。彼は重度のアルコール依存症を患っていた。直接の離婚の原因もそれ。朝から晩まで酒を飲むチェーンドリンカー。家庭崩壊を引き起こしたお酒。西原さんは苦悩の末、それが

一つの病気であると認識するに至る。

「本人の自覚の低さが原因というより、それが病気であると家族が理解することが必要。アルコール依存症は生存率2割から3割。自殺率も凄く高い。治すには本人の力で治さないといけない。大事なのは癌と同じような病気の一種であるということを理解すること。専門の医療機関が必要なんです」

　一度失った家族と重い病気。鴨志田さんの戦いぶりは読者の涙を誘う。長きにわたる依存症からの生還は感動を呼んだ。しかしその後彼を襲った癌。

「癌の種類がほとんど発見されていないというか珍しい肉腫で、10万人に1人というものでした。調べたらアメリカと大阪にそれに対応している癌センターがあったんですが、彼が嫌がった。これ以上家族と離れたくないって。余命半年って言われたんですけれど、3ヶ月以上長くもった。最後まで本当に立派にやっていきました」

『毎日かあさん』にある鴨志田さんの言葉。

「子供を傷つけずにすんだ、人として死ねるのが嬉しい」

　西原ワールドの根底にあるものを見た気がした。


「世界が今夜終わるとしても、つとめて普通に過ごすと思います。今まで目の前で沢山死んだ人を見てきたけれどみんな立派でした。非常に穏やかに笑って逝きましたんで、私も何かあるんだったら穏やかに笑って逝こうかと」

　それを聞いて、僕はまた泣いた。

**西原 理恵子** Rieko Saibara

1964年高知生まれ。武蔵野美術大学卒。同校在学中の1988年、週刊ヤングサンデー『ちくろ幼稚園』でデビュー。97年『ぼくんち』で文藝春秋漫画賞、2004年『毎日かあさん カニ母編』で文化庁メディア芸術祭マンガ部門優秀賞、05年『上京ものがたり』『毎日かあさん』で手塚治虫文化賞短編賞を受賞。11年『毎日かあさん』で第40回日本漫画家協会賞参議院議長賞を受賞。　**http://toriatama.net/**

いま生きているということ
泣けるということ
笑えるということ
怒れるということ
自由ということ

生きているということ
いま生きているということ
いま遠くで犬が吠えるということ
いま地球が廻っているということ
いまどこかで産声があがるということ
いまどこかで兵士が傷つくということ
いまぶらんこがゆれているということ
いまいまが過ぎてゆくこと

生きているということ
いま生きているということ
鳥ははばたくということ
海はとどろくということ
かたつむりははうということ
人は愛するということ
あなたの手のぬくみ
いのちということ

「生きる」

谷川俊太郎『うつむく青年』(サンリオ)

生きているということ
いま生きているということ
それはのどがかわくということ
木もれ陽がまぶしいということ
ふっと或るメロディを思い出すということ
くしゃみすること
あなたと手をつなぐこと

生きているということ
いま生きているということ
それはミニスカート
それはプラネタリウム
それはヨハン・シュトラウス
それはピカソ
それはアルプス
すべての美しいものに出会うということ
そして
かくされた悪を注意深くこばむこと
生きているということ

楽しみを奏でる歌唄い

Mr.Children
桜井 和寿
Kazutoshi Sakurai

桜井和寿　Kazutoshi Sakurai

　誰にでも思い当たるような日常。その日常を切り取る歌。歌唄い。けれども油断するとあっという間に、まさに一瞬で僕らを非日常へと連れてゆく。スリル満点のツアーガイドみたいだ。ボーカリスト、桜井和寿。スタジアムツアーやフェスでは数万人の聴衆を一気に別の世界へと誘う。2001年に行われたライブツアーもそんなタイトルだったが、まさにポップザウルス。ファンだけではなく同業者からの支持も厚い。日本音楽ピラミッドの頂点に立つこの人。映像で、または客席から、舞台袖から、そしてフェスでは幸運にも同じステージに立ってみて、何度もこの人の唄う姿を見てきたが、いつも思うことがあった。この人は一体、誰に向かって歌を唄っているんだろう。
「もちろん曲によって違うし、家族に向かって唄ってたりすることも多いけれど、大部分はメンバーに向けて唄っているかもしれない」
　仮に世界のことを何とかしようという気持ちがあったとしても、まずは一番近いところから。メロディーが浮かび、詞をつける。デモを作って最初に聴かせる仲間。その仲間を感動させることが出来たなら、きっと世界とも繋がってゆける。ちょっとずつ繋がって連鎖してゆける。桜井和寿とはそういう人だ。

　環境問題に興味を持つキッカケとなったもの。それは子供達。
「なんでこんな世界になることがわかっていて僕を生んだの？　そんなふうに言われないようにしたかった」
　電球、シャンプー、車。夫婦で考えて、少しずつ環境に配慮した物を手に取るようになった、と言う。ap bank設立の経緯はそんなタイミ

ングでやってきた。
「最初は風車を建てるイベントをやろうか。そういう話もあった。だけれども環境問題に関しては1回やっておしまい、ということではないからね。継続出来る形でやるほうがいいだろう、と。メーリングリストや勉強会を重ね、銀行という形態を選んだ」

　artist power。ap bank。そしてap bank fes。回を重ねるごとに成長する音楽祭。緻密で過酷なリハーサルを重ね、本番では太陽の下を駆け抜ける。やっぱり青空の下のフェスっていい。
「絶対的な幸せってないんだろうなあ、と思う。幸せって価値観だから。必ず何かと比較している。例えば、喉が渇いている、という条件に、そこに水があるということ。それが幸せだと思う。もしかしたら何も望まなければ、何もなくてもきっと幸せでいられるんじゃないかな。自分にとって悪いこと。デメリットがあればその分、ちょっとした喜びでも、人はそれを幸せと感じることが出来る」

　2007年夏。日本を襲った台風四号。3日間の予定だったフェスは1日のみの開催となった。開催出来なかった思いを聞くとこういう返事。
「だからね、不謹慎だけど、僕はこの台風を楽しんでいた。楽しみにしていた人が沢山いることも知っていたし、働き詰めの人ばっかりだったのも知っているけれど、ココロのどこかで楽しんでいた。だってもし次にこのフェスが開催されたら凄く幸せだろうなあ。そう想像して一人で勝手に楽しんでいた」

　いつでも笑みを。実はこれが彼を語る上で重要なキーワードだと、僕は思う。"楽しむ"ということ。
「基本は楽しく。楽しみを奏でる天才になってほしい。どんな環境に置

かれても楽しい自分を作れること。考え方を自由にコントロールして自分を楽しく持って行ける柔軟なマインドが大切。自分の子供にはそういう風であってほしい」

　桜井家の子育てのポイント。彼はそれを既に自分で実践している。

　世界が今夜終わるなら、どうする？
「家族と宴。飲んで唄って、サッカーして楽しく過ごしたい」
　最後の最後まで、この人は楽しむということを実践するんだ。

**桜井 和寿（Mr.Children）**　Kazutoshi Sakurai
1970年生まれ。'92年、「EVERYHING」でMr.Childrenのヴォーカルとしてメジャーデビュー。これまでに33枚のシングル、15枚のオリジナルアルバムを発表。'03年、小林武史と有限責任中間法人「ap bank」を設立。翌年にはBank Bandを結成し、アルバムの売り上げをap bankの活動資金に充てるなど、環境プロジェクトなどに対する融資を行っている。　**http://www.mrchildren.jp**

人生はアドベンチャー
たとえ踏み外しても
結局楽しんだ人が 笑者です

Mr.Children『タイムマシーンに乗って』

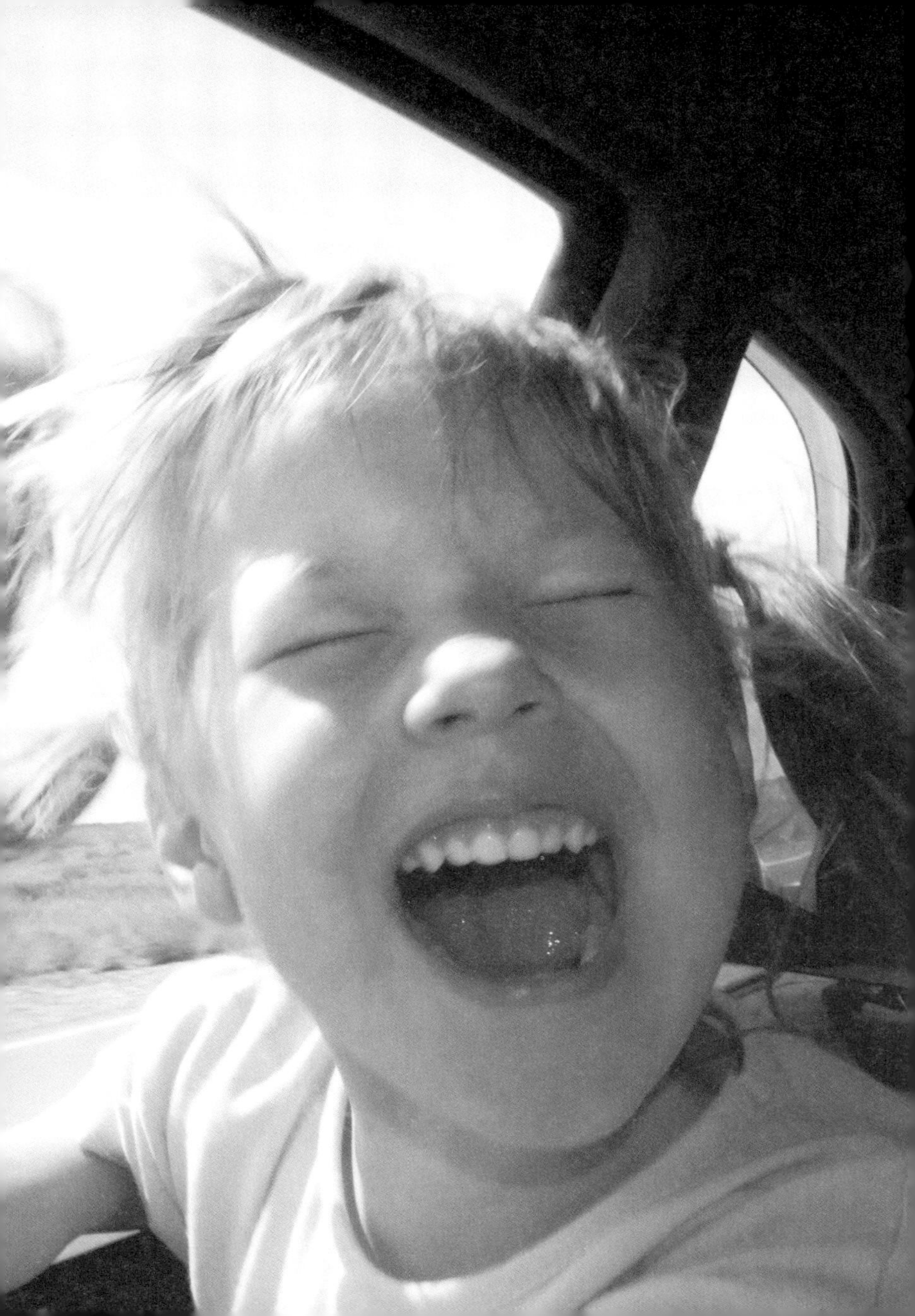

無限の可能性に挑戦し、
冒険を共有するメッセンジャー

# 栗城 史多
Nobukazu Kuriki

栗城 史多　Nobukazu Kuriki

　僕が音楽に興味を持った訳はこう。所属していたサッカー部。ポジション争いで負け、椅子取りゲームの敗者みたいに落ち込んでいた僕に、新しいチャンスをくれる香りがしたから。ピアノを習ったこともなく、音楽の成績だって中の下だった僕を奮い立たせた理由はいたって単純。"目立ちたかったから。それも女性に"。

　好きな人に振り向いてもらいたい。興味を持ってもらいたい。そのために、想いを伝えるために、ミュージシャンはギターを抱え、歌を唄う。ラッパーはペンを取り、そしてリズムの上で言葉を重ねる。きっかけなんてそんなもん。

　もしかしたら、だからこの人に僕は強いシンパシーを感じたのかもしれない。登山家・栗城史多。山岳界からだけでなく、ストリートからも支持される若き冒険家。

「きっかけは好きな人が山を好きだったから」
　日本人初となる世界七大陸最高峰、エベレストの単独・無酸素登山に挑戦中。北米、南米、ヨーロッパ、アフリカ、オセアニア、そして南極。それぞれの頂上を既に制覇。残すは世界の屋根、エベレスト。彼のスタイルの特徴はいつくかあるが、その一つが無酸素、つまり酸素ボンベなしでのアタックだ。
「初めは単純にボンベの値段が高くて手が出なかった。1本5万円。それが何十本も必要。ある程度お金を使えるようになった今もボンベには頼らないで登っています。それを使ってしまうとどこまでも行ける気がするから。8000メートルで感じる体の負担も酸素を吸えば、5000メートル

ぐらいの体感になります。それに頼ったら、絶対に登れちゃうと感覚的にわかるので、登りきった時に感動が少ない。そういう理由でこれからも使う気はありませんね」

　ボンベを使って登っている登山家達が聞いたらちょっとした摩擦になりそうな発言もはっきりと栗城は言う。いいね。

　もう一つの特徴はインターネットでの登山ライブ中継。
「登山は登ったらそれでおしまい。一つの山を登ったら、次の山、次の頂上へ。そこは山の頂上でしかない。それは個人的な記録になるだけです。僕は動画の配信を通じて、多くの人と気持ちを共有することが出来た。絶対に登れない、夢なんか叶わないとネット上に書き込んできた人達が、失敗を繰り返したあげくの登頂成功を、画面を通して共有してくれたお陰で、劇的に変わった。がんばってください。そう言ってメールしてきた人達が、自分もがんばります、と。そう言うようになった」

　栗城は言う。
「自分が叶えたいから一生懸命がんばる、という夢には限界がある。そこから先どうやって飛び越えるか。人のためになっているか。周りの応援。共感してくれる人。そういう人達がいるから自分がもっとがんばろうと思える」

　重たい機材を背負い、酸素の少ない死の世界をひたすら歩いて登る。辛いこともきっと沢山あるだろう。
「山で辛いと思うことはない。むしろ辛いのは下界。例えば資金をどうするのか。スポンサーがなかなか付かなかった時は1ヶ月ぐらい眠れなかった。医者に話したら鬱だと言われた。山に戻ったらすぐに治った。やっぱり山はいい」

絶体絶命の滑落を経験。大規模な雪崩や無数にあるクレバスを切り抜け、高山病と戦いながら、文字通り"崖っぷち"を歩いてきた栗城。"生きて帰ってくること"がある意味仕事の、死と隣り合わせの経験を沢山持つ冒険家の最後の夜は一体どんな感じなのだろう。
「寿司屋に行き、好きなネタをお腹いっぱい食べたい。好物がお寿司とプリンだから、回転寿司がいいよね」
　山じゃないんだ。
「山じゃないです。山は人が行って亡くなる場所じゃないから」
　その言葉を聞いて、この人は本当に山が好きなんだなあ、と思った。きっかけは好きだった女性の存在だったかもしれないが、山に魅せられ、山を愛し、そして山を通して発信し続けるメッセンジャーなんだと改めて思った。
　残念ながらその女性は他の場所で家庭を築いた。だけど栗城は沢山のものを手にしている。最後の夜がロマンチックな時間ではないかもしれないが、それでも周りには、山の話をしながらお腹いっぱい寿司を共に食べる仲間がいる。彼の登山からメッセージを受け取り、奮い立った多くの人がいる。最後の最後で回ってくるであろうプリンは、きっと格別な味になるに違いない。

**栗城 史多** Nobukazu Kuriki
1982年北海道生まれ。大学山岳部に入部してから登山を始め、6大陸の最高峰やヒマラヤ8000m峰三山を登頂。2009年から、「冒険の共有」としてのインターネット生中継登山を始める。世界最高峰エベレストに単独・無酸素で挑戦し、さらにその模様を生中継することを通じて、それぞれが見えない山に向かうための「一歩を越える勇気」を伝えることを目指す。　**http://kurikiyama.jp/**

最後に感謝できるような、人生を送れるか。
長く生きられたかどうかは関係ない。
大切なのはいま、どう生きるかだ。

栗城史多『NO LIMIT 自分を超える方法』(サンクチュアリ出版)

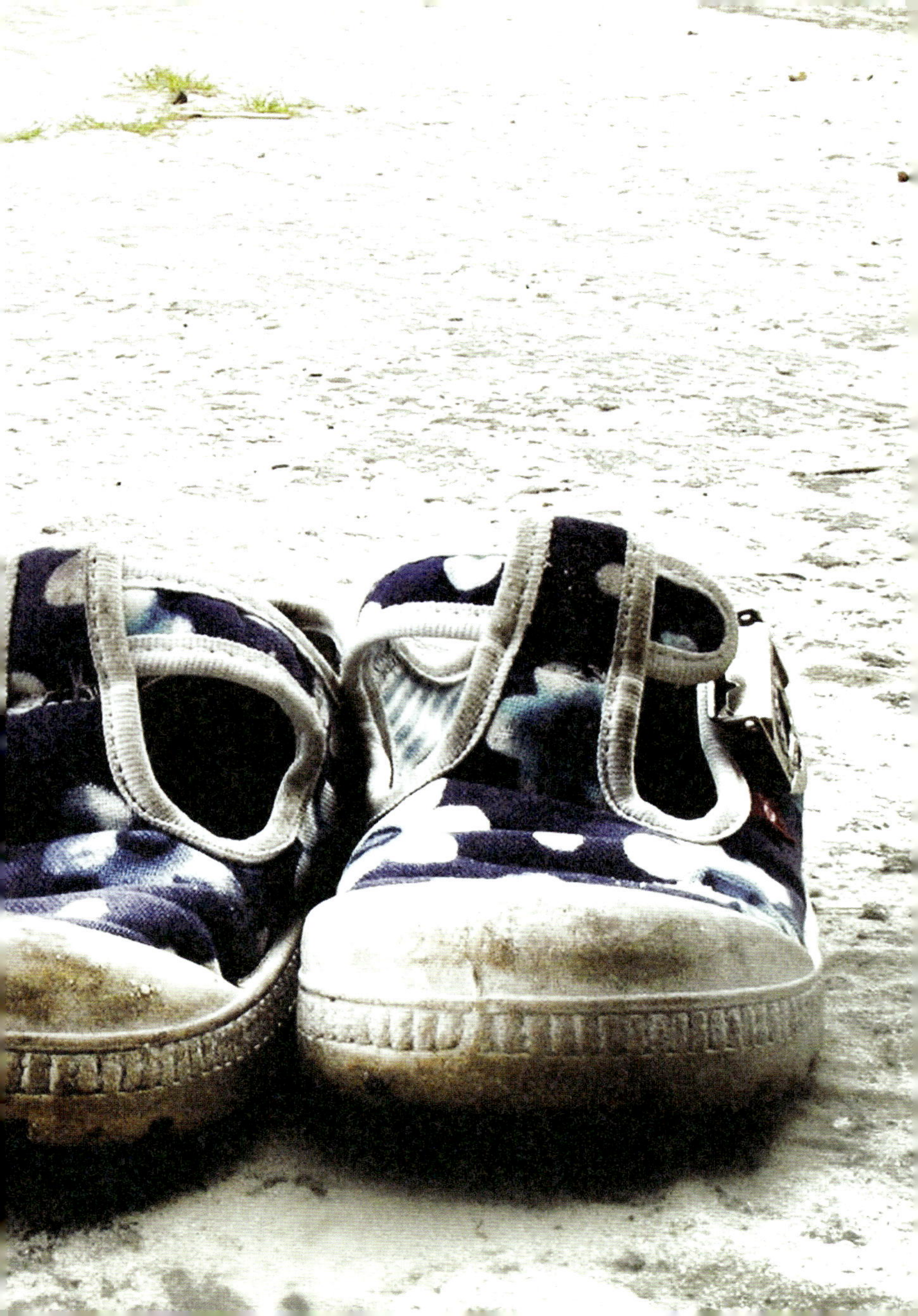

"俺"を突き詰める、
唯一無二のプロフェッショナル

# 三代目魚武濱田成夫
Sandaimeuotakehamadashigeo

### 三代目魚武濱田成夫　Sandaimeuotakehamadashigeo

「世界が今夜終わるなら、どうする？」

　その質問をするために、多くの興味深い人達に逢った。その答えを知れば、その人物が何を大切に生きてきたのか、わかる気がしたから。でももしかしたら、そもそもこの問いは、この人にだけは無意味なんじゃないか。そんな風に思ってしまった。その理由はこれ。

『世界が終わっても気にすんな　俺の店はあいている』

　こんなタイトルの詩集を出しているからだ。

　その人の名前は三代目魚武濱田成夫。"自分を誉め讃える作品"だけを創り続ける詩人。芸術家であり、そしてロッカー。詩の朗読＝ポエトリーリーディングでFuji Rock FesやRising Sun Rock Fesを沸かせる唯一の人物。出版された詩集、エッセイは三十数冊を超え、朗読はCDやDVDとなり、その活動自体がニュースとなる人。

「なんのために人は生まれて来たのか」

　そんな言葉で話し始めた。人生とは、誰もが、それぞれの命を鳴らして"一曲を演奏するためにある"と彼は言う。一生をかけて作り上げる曲。ギターを鳴らすように命を鳴らし、そして作り上げる曲。

「人はこの世に、それぞれの曲を演奏しに生まれてくるんだよ。命で鳴らす自分だけのオリジナル。そういう意味では、人生が終わる時は演奏のエンディングということになるよね。ギターみたく命をジャカジャーンって鳴らして演奏してる、その曲に誇りを持つべきだよ。志を持つべき。毎日、命を鳴らす命の演奏者。誰かが作ったみたいな曲を演奏する必要はない。自分だけの一曲を人生で奏でればいいんだ」

　言葉に責任を持つ人。"俺"をとにかく研究し、"自分"というものを恐

ろしく冷静に客観視出来る人。そしてオリジナルでいることにとことんこだわる人。三代目魚武濱田成夫とはそういう人だ。
「俺は"俺"のことばっかり考えてやってきている。言ってみたら一つのことを研究している博士みたいなものだよね。いわば"俺"というものをひたすら追求し続けている唯一の"俺"のプロフェッショナルとも言えるかも」
　例えば、面白くある必要はなくていいから、原稿用紙に単純に自分のことをどんな人物なのか自分で書いてみる。おそらく普通の人は原稿用紙で1000枚書けないであろう。100枚だって怪しい。
「10000枚は余裕で書ける」
　彼は言った。いい時も悪い時も、いつも自分と向き合い、話をしてきた。常に、そして徹底的に"自分"がテーマ。
「三代目魚武濱田成夫でいること。だから気をつけていることだってあるよ。例えば、大自然の凄さとかにはね、できるだけ気づかないように心がけてる。大自然に比べたら俺なんて、ちっぽけだとか気づきたくもないよね。イルカとかもね、見ないようにしている。可愛いと思ったら癒されてやる気なくなってしまいそうだからね。マンタが飛ぶところだって絶対に見たくないよね。感動して、自分から毒とかファイティングスピリットとかが、なくなりそうだ（笑）。BBQも行かないし、鍋もダメ。あんなもの楽しいと思ったら、まずい。俺は、癒やされて自分の毒が、なくなりたくないからね。写真も絶対に笑わない。むしろちょっと嫌われていたいんだ。うざったいと奴と思われているぐらいがいい。俺は、命をかけて、あつくるしい奴でいたいんだ（笑）」
　体の中に毒を持ち続け、温かい空気が流れる場所から自分を常に遠ざける。表現者であり続けるために、ストイックに自分を規制する。そんな三代目魚武濱田成夫の最後の夜、興味あるよね。
「今夜終わるとしたら。それがわかったとしたら、やっぱり新しいことを

始める。例えばそれが3時間後だとしても、まだ何か始めることが出来るでしょ。それを終えることが出来るか、完結出来るかは別として、スタートすることは出来る。始まり続けることが大事」

とにかく動くことが重要だと彼は言った。往生際が悪く、物事を受け入れないのが好きだとも言った。笑えることが大切でチャーミングであること。それが大事なんだ。

過去を振り返ることも時として大切だと僕は思う。でもやっぱり未来の話をするのが僕は好き。これからどんなことをして、どういう自分でありたいか。どんな夢をその人が想い描いているのか。そんな話を信頼出来る仲間や家族としていたい。既に完璧なものよりも、可能性に富んだ未完成を僕は好む。完結した物語より、未だ続く青春のその先を読み続けたい。

最後に三代目魚武濱田成夫の作品の中で特に好きなものを。最後の夜がくるとしたら、きっと僕は、この詩を詠む。あいているであろう彼の店へ行き(どんな店だろうなあ、実際)、この詩を詠むんだ。

「俺がはじまる」

　俺が、はじまる。
　俺が動けば
　俺が、はじまる

**三代目魚武濱田成夫**　Sandaimeuotakehamadashigeo
「自分を誉め讃える作品」しかつくらない詩人。1963年西宮市生まれ。パンクスピリット溢れる天才詩人として熱狂的ファンを持つ。詩集に『世界が終わっても気にすんな 俺の店はあいている』『俺様は約束してない事を守ったりする』『たとえ空がどすぐもりでもええようにいつも自分で晴れとけ空にたよるな空は空』『俺は君の乳首を世界一やさしく噛むために東京へきた』など多数。http://www.sandaimeuotakehamadashigeo.com/

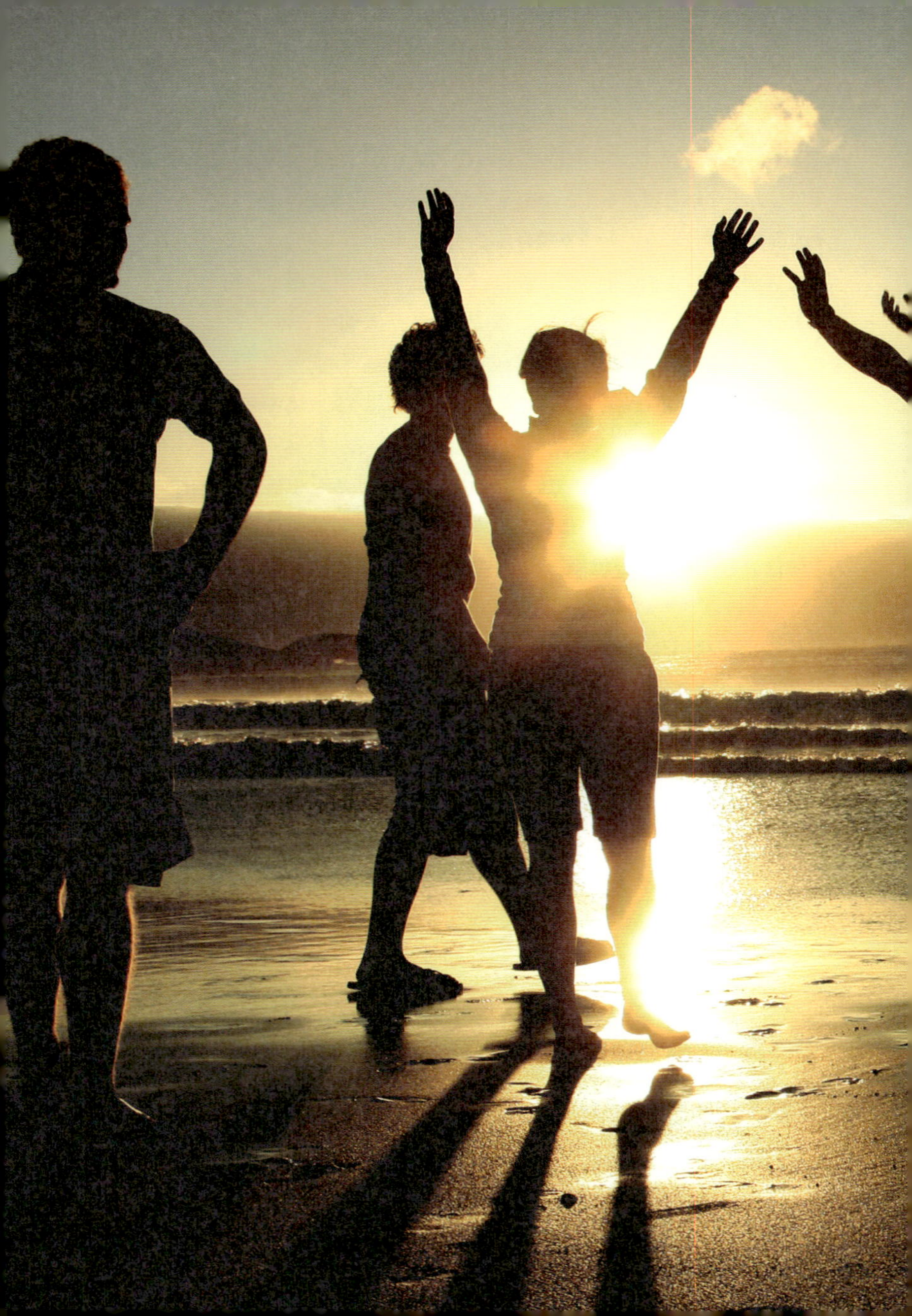

「命の演奏のお話」

生きるということは
命の演奏だ
ジャカジャーン
じぶんにしかだせない音色で
すごい人生にしよう
空も　きいてるぜ
虎も　きいてるぜ
山も　きいてるぜ
あのこも　きいてるぜ
海も　きいてるぜ
うんちも　きいてるぜ
象も　きいてるぜ
友だちも　きいてるぜ
世界に　ひとつしかない　命だから
世界に　ひとつしかない　演奏をしてやろうぜ
一生は一曲だ
命ならしまくれ
一生は一曲だ
すげえ曲をめざせ
そして　しぬときが
演奏をおえるとき
すげえ曲になってたら最高！

三代目魚武濱田成夫

扉を開け続けるオリジネイター

# SPEECH
Speech

SPEECH

「世界が今夜終わるなら、そしてそれを事前に知ることが出来るなら、両親と自分の家族と共に寄り添って過ごすと思う。沢山の友人達と電話で話すかもしれない。そっちは最後、どうしてる、なんて言ってね」

　地元アトランタから世界へメッセージを発信し続けるラッパー、SPEECH。
　それまで凄く大好きだったHIP HOPはざっくり言うと例えば、「オレのラップで金を稼ぐぜ」とか、「テクニックが凄いんだ。誰もオレに追いつけはしない」みたいなリリック。それが当たり前だった時代に突如、彼は現れた。初めて見た彼とそのグループのライブ映像で僕らはド肝を抜かれることとなる。ゴールドチェーンや最新のスニーカーではなく民族衣裳。ステージに飾りつけられていたのは、派手な電飾ではなく、洗濯物。ターンテーブルではなくバンドセット。パーカッションのリズムがとにかく心地良かった。歌詞の世界観、メッセージ。アフリカをルーツに持つ"どこにでもいる普通の人々"。バックグラウンドをリスペクトしようとする彼らの姿勢。後にグラミー賞をとることとなるSPEECH率いるパフォーマンスグループ、Arrested Developmentは僕の心を一瞬で掴んだ。

　世界中で大ヒットしたアレスティッド。ライブやプロモーションで度々来日している。幸運にもテレビ番組で共演するチャンスに恵まれた僕は、彼のメールアドレスを手に入れることに成功。どれくらい僕がSPEECHの音楽に影響を受けたか、熱心に書いて後日メールした。そしてチャンスがあれば、曲を共に作りたいとその文章をしめた。半年後、想いが

実り、彼の自宅へ招かれた。ジョージア州アトランタ郊外にある彼の自宅。湖畔にある野球場ほどもある広大な土地にぽつんと建てられた彼の家。ガレージを改造して作られた別棟のスタジオには最新機材が並べられ、ドラムや鍵盤、ベースなどが同時に録音出来るブースも完備されていた。音楽の世界で成功するということはこういうことなのか、なんてとにかく驚いた。スタジオに入り、曲を作った。二人で相談しながら詞を書いた。2001年、SPEECHと共に作った僕のシングル『Life Music feat. SPEECH』は僕の音楽人生の中でも思い出深い一曲となった。

「ステージに上がって唄う。ただ唄うだけではなく、オーディエンスとしっかりと関わりを持てるように意識する。繋がることが僕らには出来るんだよ、そういう風に深く思いながら唄うんだ」

　SPEECHから教わったことは多い。彼のライブに取り組む姿勢も僕は尊敬している。彼のステージはとにかくハッピーな気持ちになることが出来るんだけれど、何を意識しているのか聞くとこの回答。共に時間を過ごす人達を笑顔にし、繋がりを大切にする。会場に来ているお客さんもとにかく笑顔の人が多い。声を出して、音に寄り添って、汗をかく。いいよね、そんなライブ。
「今日のライブが最後のライブになるかも。そんなことを思いながら唄うんだ。そうすればその時間を大切に思うことが出来るから」

　この対談の前日。久しぶりに彼のショーを見た。最新アルバム『Strong』を引っさげてのArrested Development Japan tour。初めて聴く新曲達はどれも新鮮で心地良かった。聴いたことのない曲でもオーディエンスを乗らせることが出来るのは、彼らの長年培われた経験

によるものだろう。頭が下がる。後半では往年のヒット曲。久しぶりに生で聴いた『Tennessee』や『People Everyday』には胸が躍った。
「Stay passion, Keep growing」

　音楽を長く続けるコツは情熱的であること、そして成長し続けること。SPEECHは僕にそう教えてくれた。逢いたい人に逢い、好きな音楽を追究し、そして先に進め。いつだって彼の発するメッセージはポジティブで僕らの背中を押してくれる。

　最後の夜がきたらやっぱりそれは悲しいけれど、でもその時に、
「ガクはどうしてる？　こっちはみんなでいつもみたいに暖炉の前で家族と一緒に談笑してるよ」

　そんな電話がきたら、それはそれで嬉しいかも。そんな風に思ったインタビューだった。

### SPEECH
Arrested Developmentの中心的存在として活躍。SPEECHが作曲・プロデュースしたアルバム『3 Years, 5 Months and 2 Days in the Life of…』に収録された曲が、2つのグラミー賞を受賞。セカンドアルバム『Zingalamaduni』をリリースし、再びグラミー賞にノミネート。1995年にグループは活動休止を宣言し、ソロ活動へ。日本での人気は根強い。
**http://www.speechmusic.com/**

誰かを蹴落とすのが当然か？

自分の胸の奥に当てる焦点だ

勝ち負けじゃない、そう思ってんだ

足下見直し挑戦だ

誰もが目指す No.1、しかし

ここで言うのは Only 1

唯一無比　旅のように自由に

そこにある LIFE MUSIC

LIFE MUSIC takes me higher

GAKU-MC「Life Music feat. SPEECH」

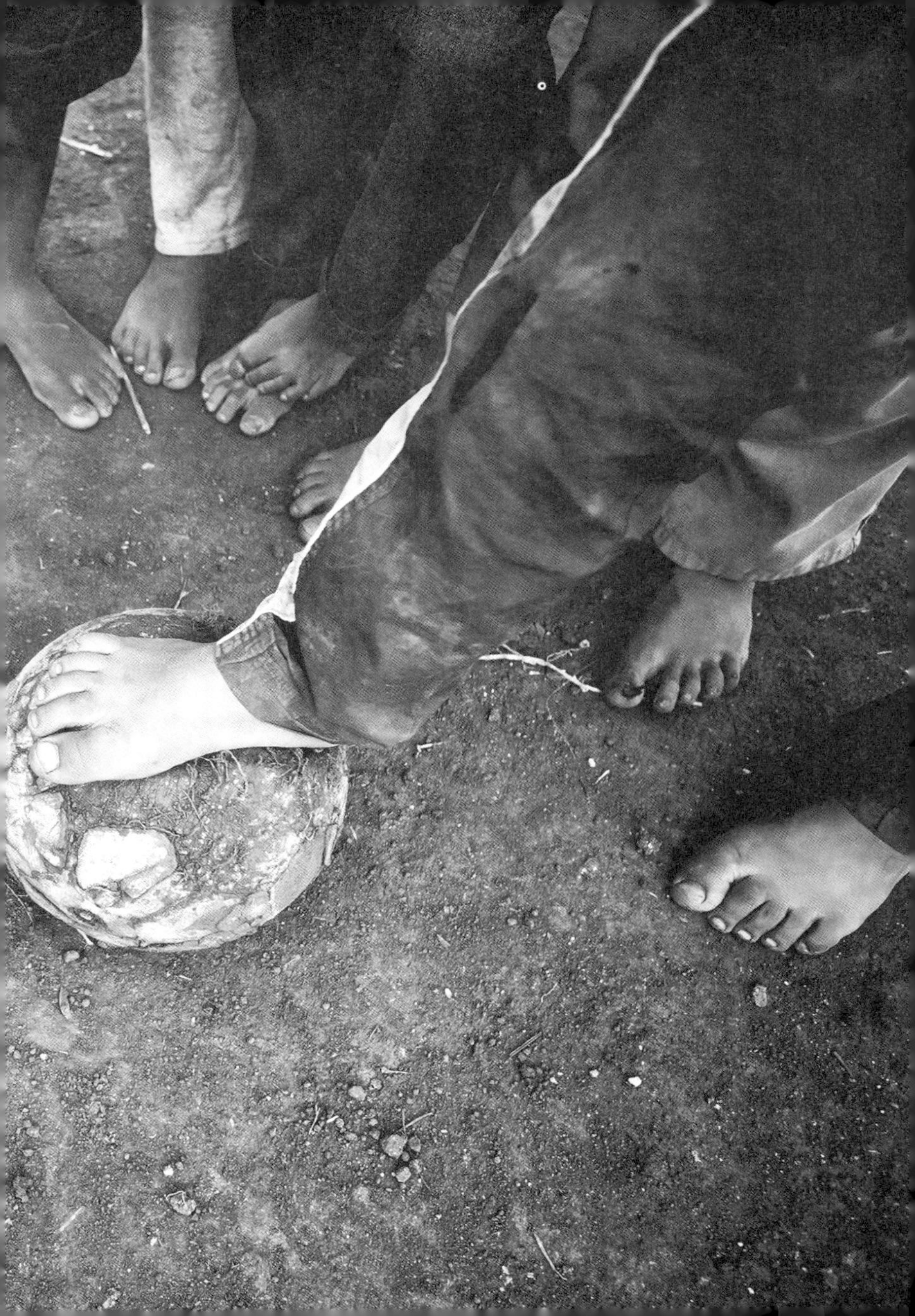

あらゆるツボを打ち抜く、
お笑いスナイパー

# 清水 圭
Kei Shimizu

## 清水 圭　Kei Shimizu

　圭さんといると腹筋が鍛えられる。油断は出来ない。待ち合わせをして、板を積み替え、同じ車で波乗りに向かう。ちょっとでも気を抜くと一瞬でやられる。同乗者のツボを瞬時に見抜き、あっという間に打ち抜く。波に乗るために海に行く訳だけど、もう海やめてそのままずっと車で圭さんの話を聞いていたい。そう思ったことが何度もあった。海に入ったって圭さんは止まらない、黙らない。知らない人同士が沈黙しながら威嚇し合いラインナップすることもあるサーフィンだけど、圭さんと行くと和気あいあい。楽しげな空気がその場に生まれ、最終的には波を譲り合う。それまで知らなかった者同士が笑顔で波待ちしたりする。

　時間がある時は、圭さんのウェブサイトを見る。油断は出来ない。ほぼ毎日更新される文章と写真で閲覧者は確実に笑わされることとなる。趣味で作っている車用ステッカーのクオリティーの高さ。あれはやばい。アメリカンなデザインなのに書かれた文字は関西弁。細かい仕事ぶりには心から拍手を送りたくなる。読者を煙にまく"圭ちゃんを探せ"と題されたおばかなクイズもしかり。仕事の合間にちょっとだけ。そう思って見る圭さんのサイトだが、気が付くと1時間ぐらい見続けてしまって、ちょっと後悔することもしばしば。ここでも僕は腹筋を鍛えられることとなる。

　波乗りとゴルフ、サッカーと家族をこよなく愛する清水圭。職業は芸人。人を笑顔にすること、笑わせるのが仕事。でも仕事じゃなくたって、いつだって圭さんの周りは笑い声で満たされている。

「デアゴスティーニの『週刊 零戦をつくる』、あれを作り始めてみる。1号の途中辺りで、ああ、出来なかったあ、とか言いながら終わるんじゃないか」
　世界が今夜終わるなら。
「意味のないこと。無駄なことを一生懸命やるのがいいのさ。書道の先生に電話して、入門申し込みをするというのもいいかもなあ」
　世界が終わるその間際に書道の入門申し込みする人なんか絶対いない。言われたほうの先生だって困ってしまって、笑うだろう。
「ちょっと書道やりたくなったんですよ」
　こんな感じで言うのかな。確かに無駄だ。
「地デジ対応のテレビ買うかもしれない。リビングのテレビ、まだ買い替えてないからね。あ、いきなりテレビ買うよりチューナーだけにしてみようかな」
　それこそ無駄だ。
「人が何かをするということ。それは他人に評価されたいからする、ということが多い。ということで表現者は全員アウトだね。世界が今まさに終わろうとしているタイミングで最後に何かしても、聴いてくれる人、観てくれる人は確実にいなくなるだろうから」

　あたふたしてはいけない。パニックに陥ってはいけない。普段はかっこいいのに、いざという時どうしようもない男が一番いけない。圭さんはこう言う。
「オレだって『ダイハード』みたいな状況になったらブルース・ウィリスぐらいのことはやれるでしょう。ただそんな状況に今までならなかっただけでね」
　どんな時も焦らずに、そして最後の最後は無駄なことをしてぼーっと。

圭さんの中には確実に美学があって哲学があるんだ。

　愛妻家で子煩悩な圭さんを知っている僕からしたらこれらは意外な回答。奥さんと子供と波乗りでも、なんて言うんだろうなあと予想していただけに、笑ってしまった。
「ここに来るまでに全ての愛を注いできているからね。最後になって辻褄を合わせるように愛を注ぐ必要がないのさ」
　やっぱり圭さんはかっこいい。

　ちなみにこの日、圭さんが着ていたTシャツは漫才師の海原お浜・小浜さんと、その間で笑うオバマさん。
「40代以上の関西人にだけうければいい」
　そう言いながら圭さんが自分で作ったオリジナルTシャツ。ボディブローのように効いてくる圭さんの数々の攻撃を受けながら、また僕の腹筋が悲鳴をあげる。

**清水　圭** Kei Shimizu
1961年生まれ。京都府出身。大学卒業後、サラリーマンを経て漫才コンビを結成するが、現在はピンで活動。舞台、テレビ、雑誌などで活躍するマルチタレント。多趣味で知られ、サッカー、ゴルフ、サーフィンなどのスポーツをはじめ、車、アート、ファッション、ガーデニングと守備範囲が広い。奥様は女優の香坂みゆきさん。2児の父。
http://www.k432.net/

# オモシロキ　コトモナ

高杉晋作・辞世の句

キ 世 ヲ オ モ シ ロ ク

現代芸術の崖っぷちをスキップする
紅一点

Chim↑Pom
# エリイ
Ellie

エリイ　Ellie

　Chim↑Pom。チンポム。芸術集団の名前。聞き慣れないこの単語をネットで検索すると、まあ出てくる、出てくる。驚くのはその内容。作品や経歴などを記載しているページもあることはあるが、一番目に入ってくるのは、誹謗中傷。その発言の多くは無記名で責任感のない、いわば冷やかし的なモノだけど、読んでいてももちろん不快になる。彼女達の真意をしっかりと受け止めて、そして発言しているモノがあまりにも少なくて、浅いな、とも思った。賛否両論を起こし、物議を醸した彼女達。その彼女達を世間に知らしめたきっかけの一つが『ピカッ』。それを君は知っている？

　チンポムは現代アート集団。ヒップホップ的に言えば、クルーとかユニットなんていう呼び方が当てはまるかもしれない。一人一人が新鋭の芸術家で、そして集団として作品を展開している。エリイはそこの紅一点。『ピカッ』は広島現代美術館での展覧会に際して、広島市上空に飛行機の煙を使い、「ピカッ」と書いたパフォーマンス、ならびにそれにまつわる映像だ。地元新聞、後に全国紙にまで取り上げられ、原爆被害者団体から激しく抗議を受けた。チンポムは陳謝。そして展覧会を自粛した。澄み渡った鮮やかなスカイブルーに描かれた「ピカッ」という文字に込められたメッセージが多くの誤解を招いた、とのことで。

「広島の美術館から声がかかり、広島で展覧会を開催出来ることになった。それまでにもプライベートで幾度も訪れた大好きな街。原爆ドームも当然見ている。原爆を、そしてそこにある問題を外して、作品は創れな

いと思った。アメリカ至上主義、戦争が終わって随分たった時間。少しずつ忘れ去られてゆく原爆の記憶。そういったものをメッセージとして織り込んでみたかった」

　結局は中止になった広島での展覧会。しかしながら、そこで得たものも大きかったとエリイは言った。
「今だってあの『ピカッ』は良い作品だったと思う。あれによってチンポムを知ってくれた人がいる。そういう意味で歴史の一つになった。広島、そして原爆について改めて考える機会が出来たとも言えるでしょ?!　被爆者団体の方々との出逢いもあった」

　東京の空、渋谷109上空にカラスを集めた写真作品『Black of Death』。センター街のネズミを捕獲し、色を塗り、ピカチュウさながらの剥製を製作した『スーパー☆ラット』。どの作品もユーモアがあって、メッセージがあって、少々の毒がある。美しい絵や写真、彫刻も素敵だけれど、こういったパンチのあるメッセージを持った芸術を僕は単純に面白いと思う。馬鹿馬鹿しいことに全力で真面目に取り組む。そしてそれを作品に落とし込む。チンポム面白い。なんでアートだったんだろう?
「現代アートを選んだ理由は、もちろん芸術が好きだったから。アートは作者が死んだって、作品は残る。その想いも残る。ワタシは残るものが好き」

　世界が今夜終わるなら、きっとこの人は作品を創るに違いない。最後にふさわしい、主義主張を託した何かをきっと創るんだ。でしょ?
「最後の夜になるんだったら、もう何も創りません。だって地球が滅亡するんでしょ?!　ということは作品も残らないんだもんね。残らないアー

トを創る意味はない。最後の夜がもし金曜日なら、友達呼んで六本木。いつものように遊ぶ。どうしても友達が渋谷というのなら笑笑かモンテローザ行って、朝まで飲む。仮に地球が隕石の衝突で終わるなら、それを見るために代々木公園に行くのでもいいかも。寒いのはしょうがない、この際我慢するか」

　残らない芸術は創らない。なるほど。

　ネットを再び開く。手軽に創れるWEBサイトやブログの発達のお陰で、この国は(というか世界中で)、にわか評論家が溢れている。いつだって矢面に立つのは、はじめの一歩を踏み出した人だ。だけど憶えておいてほしい。行動を起こした人を否定するのは簡単で、創り出したモノをあざ笑うも簡単だ。僕らが見たいのは物議を醸す力のあるモノ。毒があり、見た人を癒す力のあるモノ。毒にも薬にもならないような中途半端な作品なんて見たくもない。

　チンポムの次なる作品を僕は楽しみにしている。

エリイ　Ellie
美術家。会田誠氏の元で出会ったメンバーと現代美術ユニット・Chim↑Pomを結成。数々のセンセーショナルな作品を発表しアート界に賞賛と困惑を巻き起こす。ソロ活動としても、小林武史×大沢伸一による新ユニット"Bradberry Orchestra"への参加や、ap bank radio (TOKYO-FM)にて、小林武史と共にメインパーソナリティーを務めるなど活躍中。twitterネームは@ellieille　http://chimpom.jp/

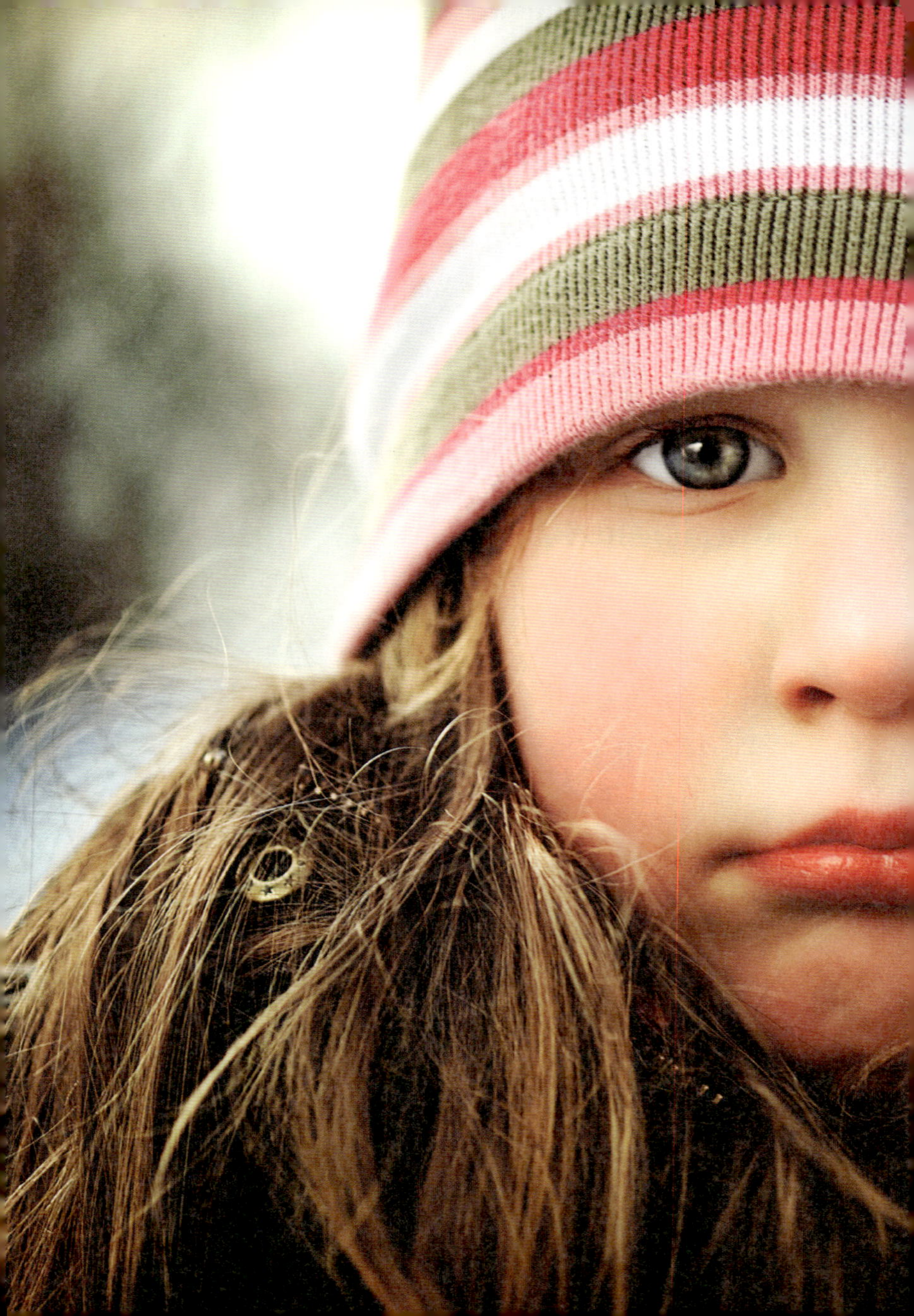

思ったことすら言えないようでどうすんだ
止まったまんまで愚痴るなんてもうすんな

人波の中で例えりゃ遭難だ
黙ってる君にないのは用なんだ

何食べたいの?で　何でもいいよ!じゃねんだ
どこいきたいの?で　どこでもいいよ!じゃねんだ
どうしたいんだ?で　どうでもいいよ!じゃねんだ
これも縁だし君の本音が聞きてんだ

言い出しっぺはいつも大変だ
造り出したのを否定するなんて簡単だ
そんなこんなで時間が足りねえな
一度きりの今日だからあったりめえだ

マッタなしでいきましょうか準備はいいか?
アイモカワラス　ナンダカンダ　叫ぶんだ

なんかできそうな気になってきませんか?
ほんじゃそろそろいってみませんか?

さあ　挙手　挙手　手を挙げろ
さあ　挙手　挙手　今ここで

GAKU-MC『挙手』

笑顔のギタリスト

# 斎藤 誠
Makoto Saito

## 斎藤　誠　Makoto Saito

「何事もしっかり準備をしたいほうだからね」
　そう言って誠さんは最後の夜の計画を僕に話してくれた。出来たらその日が来ることを前もって知っておきたい、と。
「最後の夜はやっぱりライブをしたい。ちゃんと準備をして、皆が楽しめるようなライブ。もう最後だから格好つける必要もない。素の部分を洗いざらい唄えるようなライブをしますから、是非皆さん来てください。そういう夜にするんだろうなあ」
　最愛の奥様、大切な仲間。サポートしてくれるファン。そういう人達に囲まれて笑顔の絶えないライブをする。誠さんの人柄を良く表している回答だと僕は思った。

　誠さんは凄腕ギタリスト。笑顔の絶えないギタリスト。いつだって誠さんのステージは、笑いに満ち溢れている。
「最後の夜のつもりでライブをやるんだけれど、もし終わらなくて明日も世界が続いてしまったら、それはそれで困る。笑いがひきつるかもしれないから」
　そんなコトを本気で気にする誠さん。とにかく笑顔で。それが誠さん。お客さんが笑っていないと落ち着かない。照明の明かりが届く前から3列ぐらいまでの、ステージからも見える範囲に座るお客さんの眉間にシワがよっていたら気になるよね、なんて言う。

　誠さんは叩き上げ。十代の頃からセッションミュージシャンとしてのキャリアをスタート。桑田佳祐夫人、原由子さんのサポートギター、小林克

也&ザ・ナンバーワン・バンドを経て、25歳の時にメジャーデビュー。以来26年間、業界屈指のギタリストとして活動。ソロミュージシャンとしてのCDリリース、ライブを行い、ラジオで喋る。サザンオールスターズのステージでギターを弾く。そして数多くのステージ、レコーディングを通じてオーディエンスを笑顔に変える。
「自分の音楽だけが好きという訳じゃない。いろんなモノが好き。ビートルズから始まっているんだけれど、そういう他のアーティストを、そしてその人の曲を、みんなにいいんだぜ、と言いふらすのが好き」

　誠さんのやっているラジオ番組『THE SESSION』。ゲストを迎えてトークをするんだけれど、タイトル通り、セッションをする。やってきたゲストと誠さんがスタジオの中で生ライブ。僕もセッションをした。誠さんがアコギ。僕もアコギ。そしてラップ。つたない僕の演奏も、誠さんのフォローでなんかすげえいい感じ。あったかくってグルービー。誠さんの番組は、だから大好き。僕の曲を嬉しそうに弾いてくれる誠さんが僕は大好き。
「僕はね、こういう音楽が嫌いだとか、こういう人が嫌いだ、というのが苦手なんだね。人、音楽。絶対になんか面白いところがあるはず。そう思うんだ。いいところを探す癖がついている。評論家にはなれない理由はそこかもね」
　ゲストのリストを見ると本当に沢山のミュージシャン達がやって来ていた。ロック、ソウル、ハワイアン、AOR、レゲエ、そしてヒップホップ。以前やっていた誠さんの番組『cafe LA-LA-LU』の時もそうだったけれど、誠さんのアレンジによる演奏が楽しくって、みんな慕ってやってくる。前回出演させてもらった時に書いてくれた僕の曲の誠さん制作の楽譜は今だって宝物だ。

「思い出に残るライブは沢山ある。ラジオでのいろんなアーティストとのセッションも大好き。もちろんサザンオールスターズでの経験も宝物。グラミーアーティスト、マイケル・マクドナルドとの演奏も楽しかった。ステージはいいよね。思い出深い演奏としては、2008年の10月のセッション。憧れの加藤和彦さんとのライブは人生で、最もハッピーだった瞬間の一つ。僕のリクエストでやる予定のなかった『あの素晴らしい愛をもう一度』を演奏したんだけれど、アレンジを任されてそれも本当に嬉しかった」

惜しまれながら帰らぬ人となった加藤さんの話をしながら、誠さんは音楽の素晴らしさを語ってくれた。

世界は明日も続くだろう。そして誠さんもまたステージやスタジオでギターを弾いて唄うんだ。周りの人を笑顔にするような旋律と声で唄うんだ。

斎藤 誠　Makoto Saito
青山学院大学在学中の1980年、音楽活動をスタートさせる。1983年アルバム『LA-LA-LU』でシンガーソングライターとしてデビューし、これまでに11枚のオリジナルアルバムをリリース。自身の活動の他にも、原由子・植村花菜のプロデュース、そしてサザンオールスターズ・桑田佳祐のサポートギタリストとしての活躍はよく知られている。
http://tearbridge.com/saitomakoto/

人生の目的は、幸せになることです。

ダライ・ラマ14世『抱くことば』(イースト・プレス)

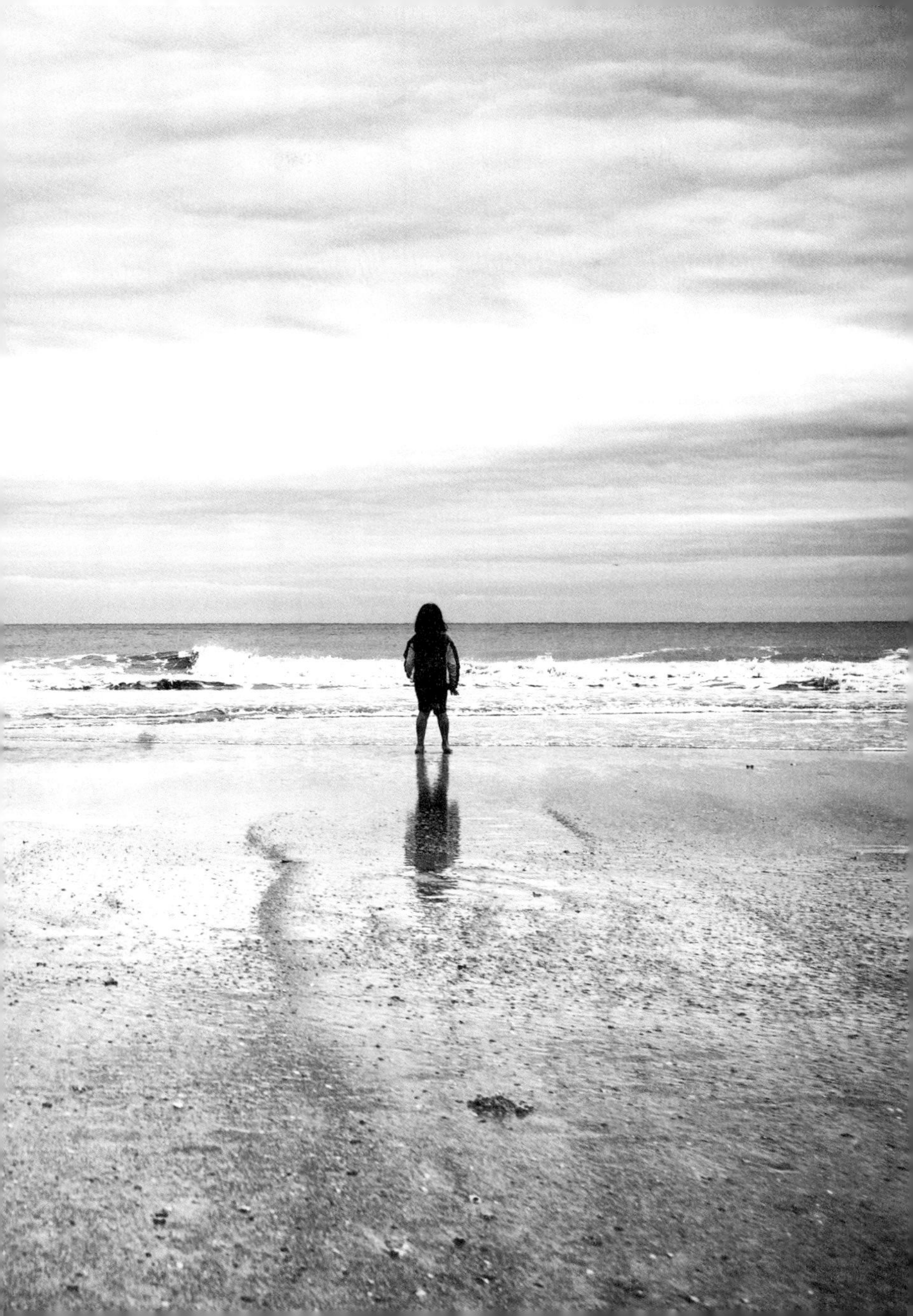

生き返ったレフティー・モンスター

# 小倉 隆史
Takafumi Ogura

小倉 隆史　Takafumi Ogura

　世界が今夜で終わるんだ。そういう風に想像することで、残された時間をどう過ごすのか、人は考える。ずっと続いてゆくもの。なんとなくそんな風に思っているかもしれないが、そんなことはやっぱりなくて、確実に終わる。地球という世界が一瞬で終わるかもしれないし、一個人の世界が、ふっと、終わるのかもしれない。僕らはただ想像するしか出来ない。残された時間をどう過ごすか。きっとその答えがその人にとってとても大切なものなんだ。そう思う。歩んで来た道のりの中で一番大切なものかもしれない。もしくはその反対で、どうしても手に入らなかったもの、満たされなかった気持ちなのかもしれない。それを埋めるための行動をとる人もいるだろう。とにかくその最後の行動は、その人自身を如実に表すはずだと、僕は思う。

「世界が今夜終わるなら、出来るだけ笑っていたい。笑って最後を過ごしたいと思う。仲間がいてお酒を飲んでただ笑う、それが理想かなあ」

　小倉隆史は元日本代表のサッカー選手。オグの愛称で親しまれた左利きのファンタジスタ。レフティー・モンスターなんていうニックネームも、もともとは彼のためのものだ。
　91年の高校サッカー選手権で活躍し、帝京高校との両校優勝という形で四日市中央工業高校を優勝へと導いた。僕もよく憶えている。彼の登場に当時のサッカー界は沸いた。92年には名古屋でプロサッカー選手としてのキャリアをスタートさせる。翌年にはオランダ二部リーグ、エクセルシオールへ移籍。チーム得点王となる活躍を見せた。前園真聖、

中田英寿を擁し、後に、あのマイアミの奇跡でブラジルを倒すアトランタ・オリンピック代表に招集され、さらにはファルカン率いる日本Ａ代表にも選ばれた。順風満帆。

　ところがその世界が突然終わる。アトランタ・オリンピック予選で活躍、最終予選直前の合宿でそれは起こった。
「ヘディングシュートを競りにいった時、バランスを崩したまま、かかとから落ちてしまった。膝が逆にまがった。右足の後十字靭帯断裂だった」
　ニュースでは怪我の直後の小倉の映像が繰り返し流れていた。悔しそうにピッチを叩く仕草が忘れられない。選手生命を左右する大怪我。そして小倉は手術を決意する。
「手術では腰椎麻酔を使用した。7時間しかもたない麻酔で、手術は9時間。だから途中で、痛いって起きたのを憶えている」
　麻酔、特に全身麻酔が必ずしも安全でパーフェクトなものではないことを、人はあんまり知らない。手術の前には誓約書にサインを求められる。もしも、万が一のことが起きても当方に責任はない、と。
「後で教えてもらった。2度目に全身麻酔を追加した時、心肺が停止した、と。機械がピーっていって、心臓が止まった。死んじゃったらしい、オレ。蘇生してもらってどうにか復活したんだって。三途の川は見えなかったけどね」
　人生は、世界は、本当に意外なタイミングで突然、終わる。
「結局その手術では思うように足が治らなかった。後にオランダへ渡って再手術をした。前の手術のせいで膝が壊れているとも言われた。だけど、前のドクターを恨むような気持ちにはならなかった。恨んだら後ろ向きでしょ。一度死んだ人生だから、後は前向きにいくしかないしね。まあ、

こう思えるようになるまでにも時間がかかったけどね」

　一度終わった人生だから儲けもん。彼はそう言う。

　負傷からの復帰後、本来のパフォーマンスが出来たかどうか、本人ではないので定かではない。評論家なんかは安易にいろいろと書き立てたけれど、本当はどうだったんだろう。悔しくなる夜もきっとあったと思う。だけどそれを見せずに彼はプレイしていた。

　現在は引退し、サッカー解説者として、そして子供達にサッカーを教える指導者として、活躍している。明るいキャラクターで番組を盛り上げ、試合をわかりやすく解説し、サッカーの素晴らしさを教えてくれる。時間があると草サッカーにも積極的に参加。僕も同じチームで共にサッカーをしているが、彼とプレイするととにかく楽しい。
「出来るだけ笑っていたい」

　世界が終わる夜の過ごし方をそう答えたのは、実際に終わった経験がある彼ナラデハだなあ、と改めて思った。悔し涙を沢山流した経験があるから、そして仲間と勝利を祝って笑った経験があるから、最後の夜は笑うことが小倉にとって重要なんだ、きっと。

**小倉　隆史**　Takafumi Ogura
全国高校サッカー選手権優勝を経て、名古屋グランパスに入団。アトランタ・オリンピック代表、日本代表にも選ばれるなど、活躍を見せていたが、1995年、オリンピック代表のアジア最終予選直前の合宿で右足後十字靭帯を断裂。幾度の手術を乗り越えながら、4つのクラブを渡り歩いた末、2006年2月に引退を表明。現在は、サッカー解説者や指導者として活躍中。

そう何度でも　何度でも
君は生まれ変わって行ける
そしていつか捨ててきた夢の続きを
ノートには　消し去れはしない昨日が
ページを汚してても
まだ書き続けたい未来がある

Mr.Children『蘇生』

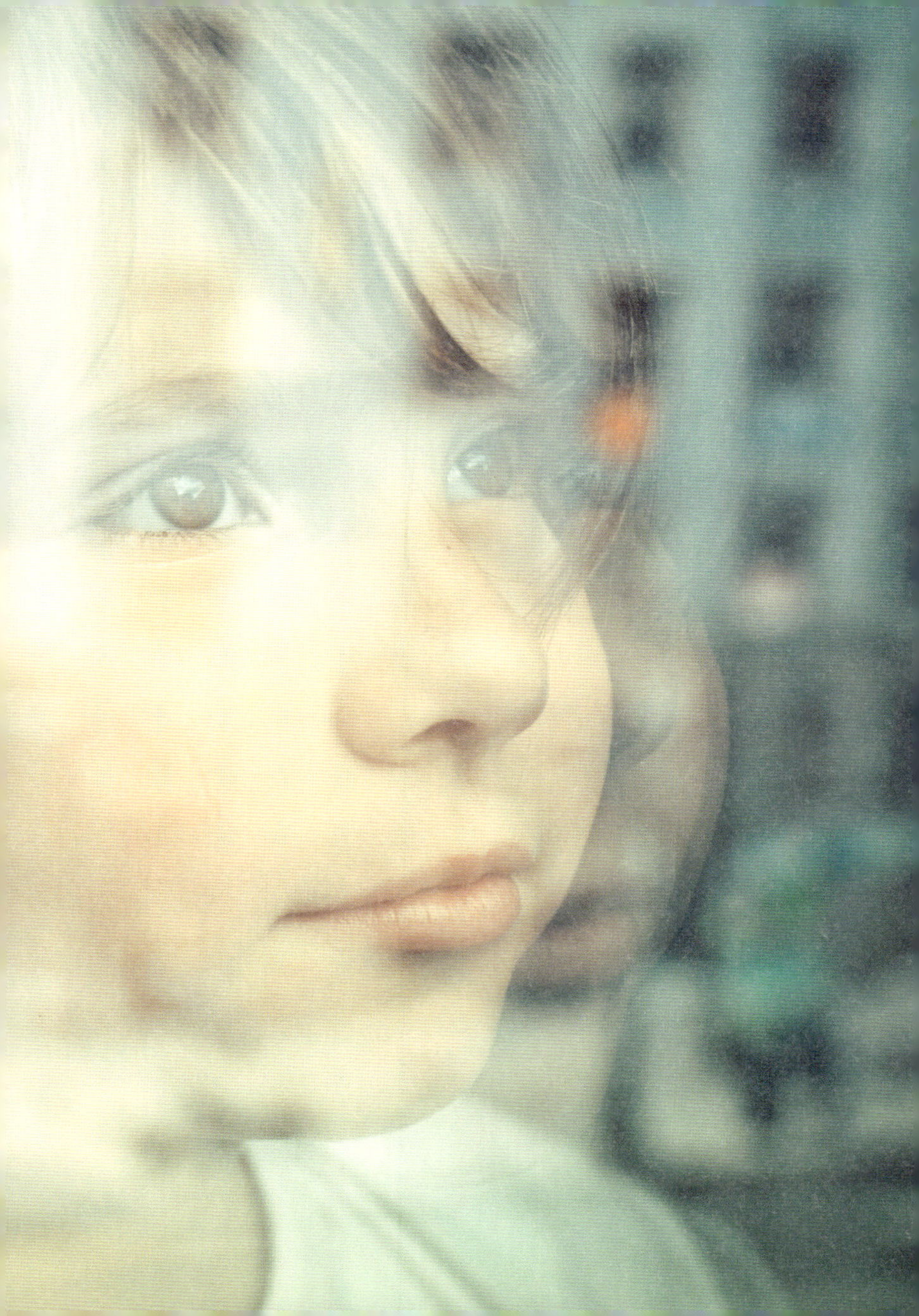

絶妙なバランスで未来へ走る、
幼なじみのスウィンギン・ブラザーズ

# SOFFet
SOFFet

ＳＯＦＦet

『南の島へ行きましょう』
　彼らの初期の曲。それが凄く好きでよく聴いていた。都内でドライブする時はもちろん、その当時、旅行で行った沖縄ではMONGOL800とSOFFetのその曲をMDに入れて(懐かしいな)繰り返し聴いていた。2003年3月に『君がいるなら』でデビューしたSOFFet。大と小の二人。お互いの実家は歩いて1分と離れていない。そんな距離で育った幼なじみの二人組。おおよそラップグループとは言い難い二人の柔らかな風貌と作風。

「新しい時代が来たなあ」
　彼らを知って、そんな風に思った。デビュー曲と『南の島へ行きましょう』が入ったデモを、僕は世間が彼らを知る随分前に手に入れていた。当時僕が所属していたレーベルのイベントで、彼らと同じステージを踏むこととなる。今でこそ若手・中堅ラップグループの中でも、実力派と言われている彼らだけれど、若かりし当時の二人は思い出しても笑っちゃう。
　本来、ライブ当日のサウンドチェックは、楽器の回線の確認や、モニターの聞こえ具合、照明さんとの立ち位置の確認などをする時間だけれど、デビューを目前に控えた彼らにステージ業界の知識はなく、一生懸命トークの内容の確認をしていた。
「あとで二人、楽屋でやれって」
　そう言おうかとも思ったが面白いので見ていた。懐かしい。

　GooFとYoYo。幼なじみのコンビ。社交的でアイディアマンのGooF。会場をところ狭しと走り、あおり、時にウッドベースを弾きながらラップ

する。YoYoは音楽的にもHIP HOPの枠を超えている。アメリカボストンにあるバークリー音楽大学に籍があったラッパーなんて、この界隈じゃ奴だけだ。鍵盤を叩きならが、語りながらのステージは本当にいい。

　デビューから8年。順調にキャリアを積み重ねてきた。SOFFetが創る作品達はヒップホップファンの枠を超え、広く評価を受けている。異色コラボも数をこなし、今日に至る。アルバム『NEW STANDARD』では8組のゲストとフィーチャリング。僕も参加。二人でうちに来て、さんざん悩んで時間をかけて創り上げた極上のデモを、ぎりぎりで白紙にしたりする彼らの姿勢、好きだなあ（あのデモ、あれはあれで良かったんだぜ、コンニャロー！）。これから先の彼ら、とにかく楽しみ。

　そんな矢先にトラブル発生。2010年、春。二人がピンチを迎える。まずGooF。趣味のバスケットボールで鎖骨骨折。ステージ以外の行動でグループに不利益を与える。なんとか復活を果たすが、今度はYoYo。ツアー中に喉の不調を訴える。唄う時にのみ声帯に負荷がかかる筋緊張性発声障害であるとのこと。ステージは続けられなくなり、SOFFetとしての活動を中止せざるを得なくなった。
「いろんな人に迷惑をかけるようになって、キャンセルを願い出た。唄えるめどはたっていない。すいません」

　すいません、は誰に対しての言葉だろうか。YoYoは神妙に言葉を選んでいた。スタッフに対してもあるだろう。ファンに対してもあるだろう。何より、復活して、ステージを心待ちにしている相方、GooFへの謝罪かもしれない。
「グループの前に幼なじみ。相方がこういう状況。気にしません。お互い様だしね。今は治すことに集中してもらって、万全な状態で復活したい。

その間はDJの営業でもやって食いつなぐ」

　本人を目の前に照れずにGooFはそう言った。二人の関係。幼なじみって凄い。

「だから世界が今夜終わるなら、どうする？って聞かれても困る。終われません。無理、無理、無理。今終わったら悔いが残る。そもそもこのテーマを覆すようで申し訳ないですが、SOFFetとしてやり残したこと、沢山あるので」

　恒例の質問をするとGooFは勢いよくこの回答。そりゃあそうだ。キャリアを順調に積み重ね、さらにそこから飛び立とうとしたタイミングで訪れたトラブル。やりたいことが山ほどあって、サポートしてくれる仲間達がいて、全国にファンがいて。だからまだ終われない。熱く語るGooFの気持ち、痛いほどよくわかる。

「でも焼き肉は食べたいよね」

　喉を壊して、神妙なはずのYoYoが言った。笑った。このバランス感覚が幼なじみのいいところ。SOFFetはだから大丈夫。きっと大丈夫。

　1年のブランクを経て、SOFFetは無事復活した。溜まっていた鬱憤をはらすかのような彼らのステージは、勢いがあって、笑えて、そして泣けた。世界は今日も続いている。僕はSOFFetの未来を、やっぱり楽しみにしている。

### SOFFet

YoYoとGooFの2MCによる男性スウィング・ラップ・ユニット。小学校以来の友人である二人が、1995年15歳の時に結成。2003年にシングル『君がいるなら☆』でメジャーデビューを果たす。多彩なアーティストとコラボレーションを行っており、キャッチーでありながらも本格的なヒップホップは各方面から高い評価を得ている。
http://www.soffet.jp/

過ぎ去った昨日より
まだ来ない明日より
あなたのいる今日が素晴らしい

SOFFet『あなたのおかげです with GAKU-MC』

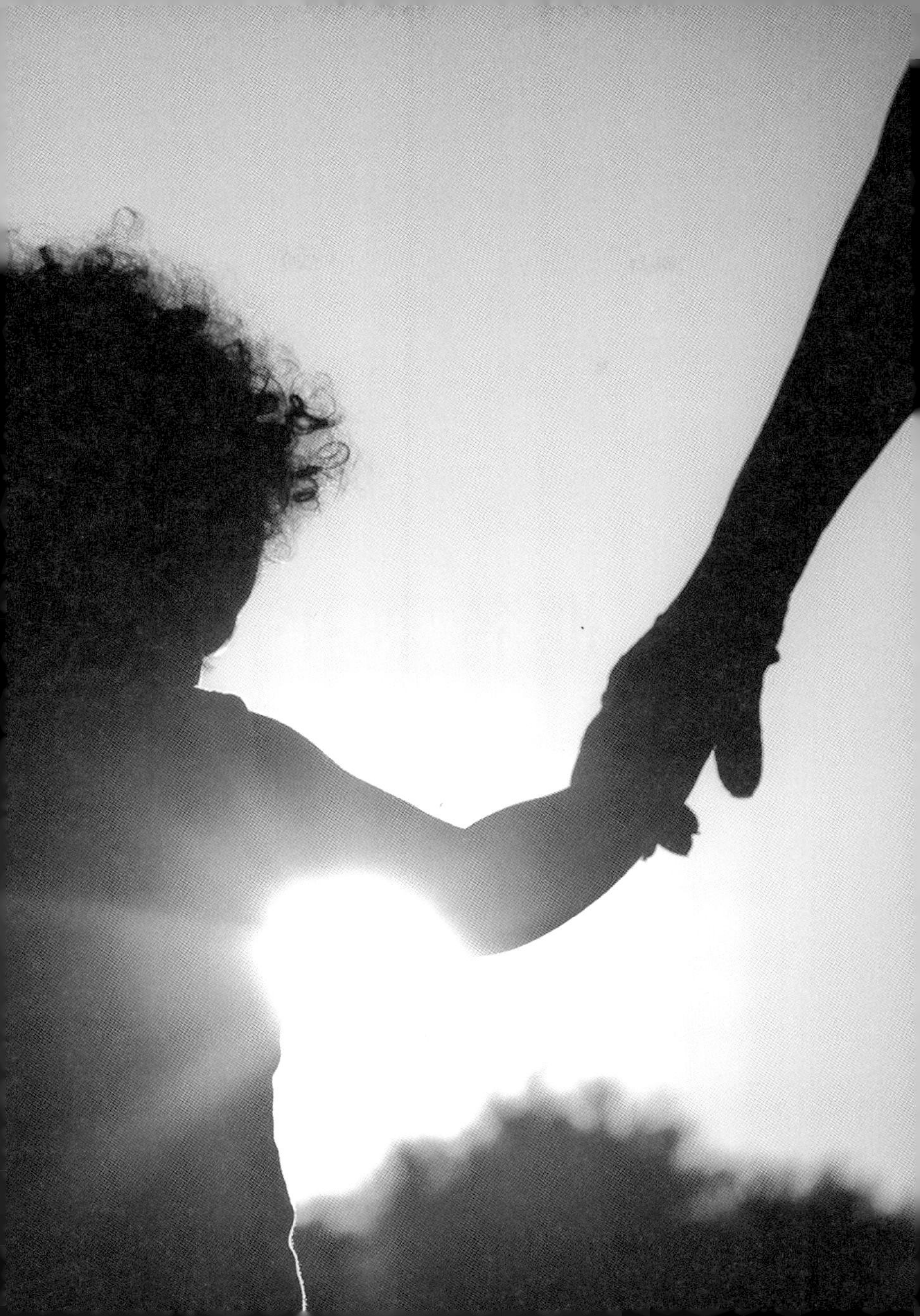

愛と笑いに満ちたRhodes弾き

# 椎名 純平
Junpei Shiina

椎名 純平 Junpei Shiina

　確か最初に逢ったのはラジオ局のラウンジ。もともと僕が勝手に描いていた"椎名純平像"は、唄がクロくって、ヴィンテージ鍵盤Fender Rhodesを自在に操るワルい奴。知らない人が話しかけたら返事は疎か、笑顔一つも見せないでシカトでもするんだろうなあ。そう思っていた。デビューシングルの『世界』が本当にかっこ良くってドンピシャのストライクだった僕は、その場所で紹介された時、4つも年下の純平に敬語で対応する始末。ははは。だけど実際は違った。気さくで人格者。そこにいる全ての人に気を使う気配りさん。笑いが好きで、暇さえあれば周りの人を笑顔にするために労を惜しまない。トレードマークのニット帽と渋めのメガネの下は、実は音楽に精通した尊敬すべき愉快な歌唄いなのだ。

「行ったことのない場所へ行ってみたいとか、あり金を全て使い果たすとか。きっとそういう感じじゃないんだろうなあ」
　最後の夜の過ごし方を聞くと、やっぱり家族の顔が浮かぶ。そう純平は言う。二児の父。男の子と女の子の父ちゃん。子育ても出来る限り参加しているという。
「ピアノの練習を見てあげるようにしています。忙しくて難しい時もあるけれど、基本は毎日。一人1日30分ずつですけどね」

　子供を持つ親として、そして音楽を生業にしているミュージシャンとして、僕は彼を尊敬している。自分に子供が出来た時、純平のようなスタンスで子育てが出来たら凄くいいなあと純粋に思った。多くの優秀なプレイヤー達とセッションを繰り返し、魂のこもった歌を唄い、子供にとっ

ては良き先生であり、友人であり、そしてパパ。だから純平と飲みながら育児について話しているうちに、いつの間にか、「曲でも創ろう」なんて話になったのも僕にとっては凄く自然な流れだった。

僕のアルバム、『世界が明日も続くなら』に収録された共作のタイトルは、『誕生日ありがとう』。

誕生日はおめでとうと祝うもの。だけど生まれて来てくれてありがとうでもあるんだ。親になってみてわかることが沢山あって、親同士で話してみるとそれがもっとあって、純平の書く詞が僕は凄く好きで、それに触発されて曲はあっという間に出来上がっていった。

〜育ててるのか、育てられてるのか、分からなくなる時があるんだよ。君の笑顔に助けられてる、本当に駄目な父ちゃんです〜

気取ってなくて、ちょっとずっこけていて、でもあったかくて、かっこいい詞。もともとはライブのために二人で書いた。出来た感触があんまりにも良かったから、アルバムのためにレコーディングをした。生まれてすぐの僕の娘の産声を録音し、悩んだ結果、イントロとブレイクに入れた。純平は笑ってた。彼と一緒に創れて僕は本当に幸せだ。

「おやすみと言って、寝ると思う。世界が終わる夜だって、多分そうする。最後の夜、きっとなす術もない訳だから、いつも通りにそうする」

椎名家はきっとマイペースで、最後の夜だって慌てることなくピアノを弾いて、そしてみんなで眠るんだろう。

そういえば。
毎年4月1日になると純平からメールが届く。
「ひょんなことからNHKのピタゴラスイッチに子供と出ることになりまし

た。見てください」とか、「長年の夢を諦めきれず、音楽をやめて、レーサーの道を歩む決意をしました。止めないで」とか。

　最初のうちはとにかく驚いてすぐに返信のメールを送っていた。もしかしたら本当かも。そう思ってテレビを確認した年もある。エイプリルフールのくだらない冗談だとわかるとホッとするけど、少しだけ悔しい気持ちになるのはなんでだろう。だけどそんな冗談メールでも、彼の書く言葉には笑いがあって愛がある。周りにいる人達を純平流で和ませる。音楽と、言葉と、人柄と。世界が明日も続くなら、僕は彼の歌を聴くだろう。そして、

「おはよう」

　そう言って、起きるとしよう。終わらなければ、多分そうする。いつも通りにそうする。

**椎名 純平** Junpei Shiina
2000年11月8日にシングル『世界』でメジャーデビュー。以降、11枚のシングル、3枚のオリジナルアルバムをリリース。ソウル・マナーに精通した得難いボーカリストとして、多くのアーティストのリスペクトを受ける。弾き語りやデュオ・ライブ、クラブイベント等さまざまな形態でのライブパフォーマンスにも定評がある。現在は、バンド・Dezille Brothersとしても活動中。　**http://www.jumpeishiina.com/**

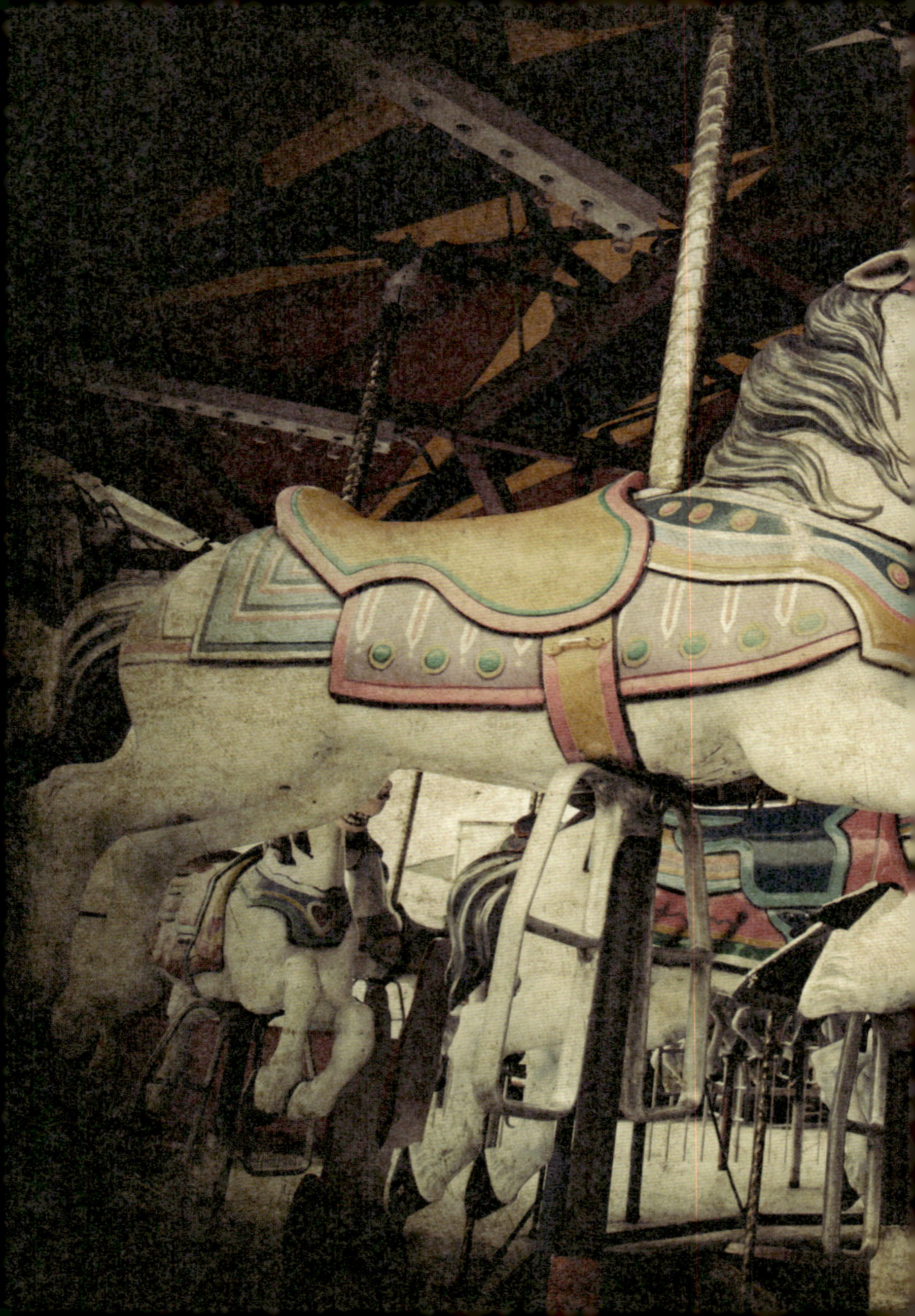

この世に限りはあるの？
もしも果てが見えたなら
如何やって笑おうか愉しもうか

椎名林檎・椎名純平『この世の限り』

旅をするように生きる、
新時代の遊牧民

# 四角 大輔
Daisuke Yosumi

## 四角 大輔　Daisuke Yosumi

「その昔、終身雇用という制度があったらしい。一つの会社を選んで（大きい会社のほうが、どうやらエライ）、そしてお勤め。40年ほど働いたら無事フィニッシュ。特別ボーナスゲット。そんな時代があったんだって」

　こんな書き方をすると、なんだか近未来がテーマの小説みたいだけれど、実際に世の中、変わった。"終身雇用"という言葉の持つ意味や価値、それがもてはやされた時代は既に過去の話かもしれない。絶対的な存在ではなくなった（と僕は思う）。会社の看板で働いて、いざとなったら守ってもらう。有能な人がそこに集まり、社会を動かす。そんな時代をきっとこの人は、「一昔前の良い時代の話ですね」。そんな風に言うかもしれない。

　四角大輔。

　絶頂のタイミングで大手レコード会社をあっさりと辞めた自由人。音楽プロデューサーとしてミリオンセラーを7回たたき出し、CDの総売上は2000万枚を超えた。まさに飛ぶ鳥を落とす勢いだった彼の選んだ物語は、"終身雇用神話"が崩れた現代の実話だ。彼の人生の選択を知ることは、同時に時代の変化を知ることだと、僕は思う。

「もともとレコード会社に興味があった訳ではなくて、たまたま入社出来ただけ。教師になりたかったんですが、そのためにも社会経験は必要だと考えてまずは会社に就職した訳です」

　数年間の地方勤務を経て、アシスタントプロデューサーとして働き始めた四角。最初のヒットに巡り合う。平井堅だった。

「3000枚が売れなかった頃。アーティストのことを考えるあまり、距離が

近くなりすぎて客観的な判断が出来なくなっていた。自分の書いた歌を唄いたがった平井に、会社は、他人の曲を唄ってみたらどうかと提案した。でも僕は、その案に反対。その結果の売上が3000枚。あの頃は僕も考え方がまだ狭かった。結局僕が担当を外れて、平井も会社の提案を受け入れて、それで出来上がった曲があの名曲『楽園』。80万枚を超える大ヒットとなりました。担当を外れた後だったけれど、これは本当に嬉しかった。嫉妬なんてなくて、僕自身が肯定された気持ちになった」

　平井堅での大失策と、身近で目撃した成功事例を受けて、次にすべてを投下したプロジェクトがCHEMISTRYだった。メインをはってプロデュースした最初のアーティスト。結果を出して、そしてヘッドハンティングされるカタチでレーベルを移籍。ワーナーミュージックで出逢ったのが、絢香。そしてSuperflyだ。
「良いチームに僕は巡り合っているのだと思う。ヒットは僕一人だけの力では絶対に創出できない。気が付けば、2009年の女性アルバムランキング1位が絢香、2位がSuperfly。人生最高の結果でした」


　そして会社を辞めた。10年連れ添った妻と共に新天地、ニュージーランドへ移住。音楽業界を離れ、大好きな自然の中での生活を始めた。
「そもそも35歳で移住しようと決めていた。ニュージーは憧れの地。そこで生活するために10年以上準備してきた」
　レコード会社での成功を全て捨てて、小さい頃からの夢を手に入れる。ピークで辞める。フォーカスをして、アンテナを張り巡らし、そしてやりたいことをやる。
「妻と仕事を選ぶ条件を三つ決めました。一つ、場所に縛られない。二つ、好きな人としか仕事をしない。三つ、好きなことしかしない。これ

を守りさえすれば、どんなに貧乏でも楽しくやってゆけるだろうと」

　年収は激減したけれど、充実感はサラリーマンの時の何倍もある、と四角は言う。テクノロジーの進化がそれをサポートしてくれる、とも彼は言った。デバイスやブロードバンドの発達のお陰で、海をまたいでスカイプでのミーティングも可能となった。エアチケットの料金も随分手頃になった。ニュージーランドと日本を、季節ごとに行き来する。そんなスタイルが可能となった。音楽業界に未練はないけれど、そこで出逢った魅力的な人とは今も繋がっていて、それが新しい機会を生んでいる。アウトドアに精通する四角は現在、複数のスポンサー契約を交わし、フィッシング、登山、アウトドア雑誌で執筆したり、達人として表紙に登場したりしている。商品開発やプロモーション、トークライブを行ったりするのも彼の仕事だ。

「最後の夜はウチの目の前の湖で釣ったマスに妻が育てたハーブを添えて食べたい。つまり僕の日常なんです。特別なことでなく、自然の中でのいつも通りの暮らし。それでいい」

　旅をしながら、生きてゆく主人公。新しい時代の遊牧民の物語を僕は読んでいる。そんな風に思える楽しい対談だった。"終身雇用"と"現代の遊牧民"。君はどっちの物語を選ぶんだろう。

**四角 大輔** Daisuke Yosumi
プロデューサーとして、ソニーミュージックで平井堅やCHEMISTRYら10数組を担当した後、ワーナーミュージックで絢香、Superflyらをプロデュース。CD総売上枚数は2000万枚超。現在はニュージーランドに移住し、各メディアで連載や企業アドバイザリー業務を行う。上智大学非常勤講師。著書に『やらなくてもいい、できなくてもいい。』(サンマーク出版)がある。　**http://www.lakeedgenomad.com/**

僕は人生において、ずっと王道ではない、横道というか、
オフロードを歩んできました。
それは、わざとオフロードを行こうと思って突き進んできたのではなくて、
自分が、こっちのほうがワクワクするな、と思うほうに進んでいったら、
それがいつもオフロードだったのです。

四角大輔『やらなくてもいい、できなくてもいい。』（サンマーク出版）

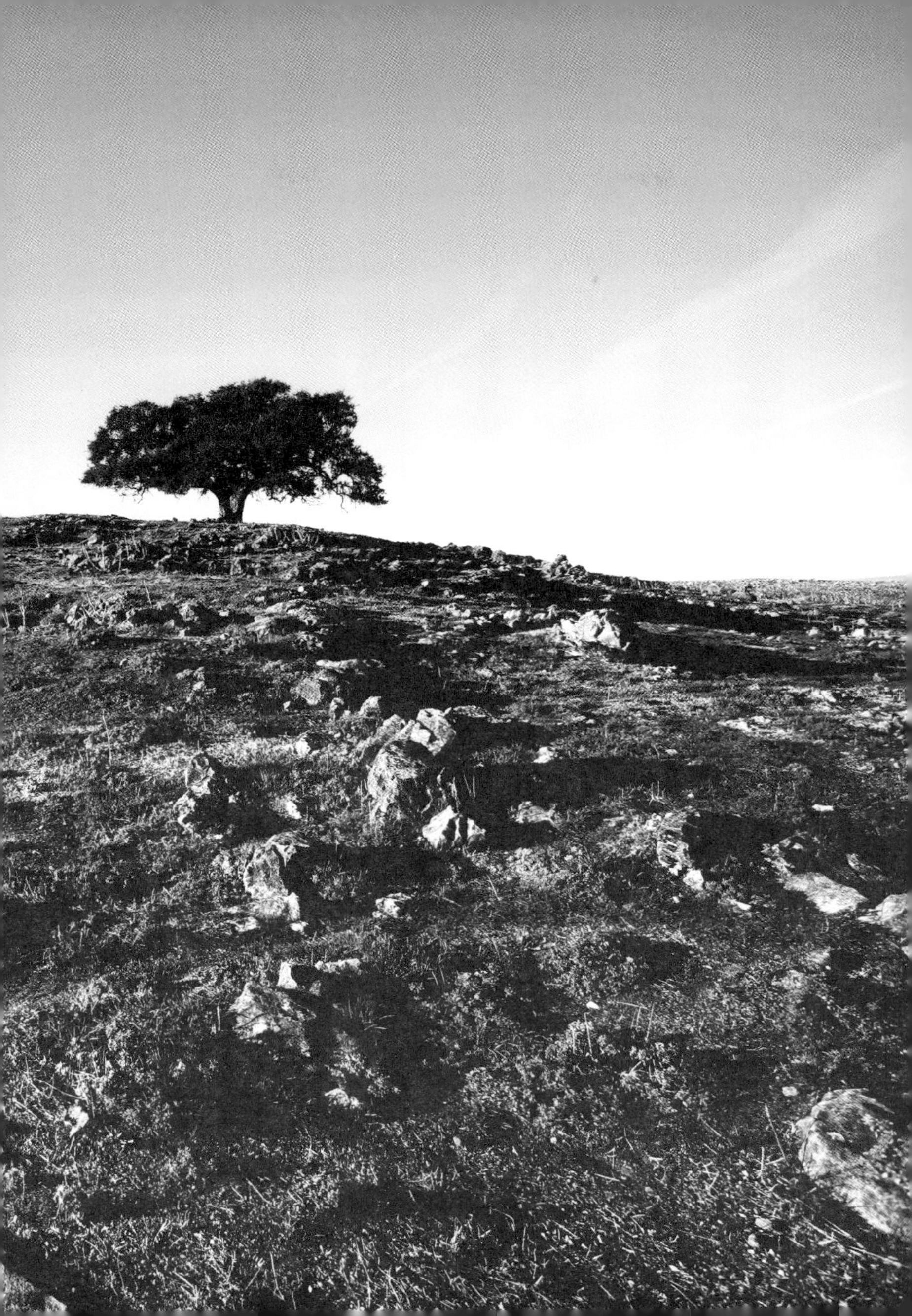

名前通りの空気を纏う、
愛すべき歌唄い

# ヨースケ@HOME
Yosuke@HOME

## ヨースケ@HOME　Yosuke@HOME

　どこかに行くとして、それが例えば海だったり山だったり、そんな時に真っ先に声をかけたくなるような奴。愛すべき友人。ヨースケ@HOME。年齢は僕より一回りも下だけれども、なんだか自分の世界をしっかりと持っていて、いろいろなことを教えてくれる。へー、はー、ほー。ヨースケと一緒にいるとだから面白い。一緒に過ごす人を笑顔に変える。音楽のこと。海のこと。日本のこと。以前留学していたハワイのこと。彼の話を聞いているだけで、心地良い時間が瞬時に過ぎる。出先でお気に入りのCDを忘れたことに気が付いたって大丈夫。ウクレレかギターさえあればヨースケがずっと唄ってくれるから。車の助手席で、バーベキューの焚き火の横で、ライブハウスの楽屋で。ヨースケはずっと唄ってくれる。

　ギタリストで歌唄いでサーファー。自転車乗りで、ハープ吹きで、パーティーピープル。初めて逢ったのは確か渋谷のクラブ。
「ガクさん、僕のCD聴いてください」
　突然手渡されたデモCD。一生懸命自分で描いたイラストに好感が持てた。家に帰り聴いてみると、これがまた素晴らしく良くって、何度も何度も聴いた。僕がたまにやる夜のクラブイベントでのDJプレイでも、そのデモをことあるごとにかけた。丁度その頃、僕がサーフィンにのめり込んでいたから、という訳でもないが、彼の世界観が僕のココロを心地良く温めた。

　そしたら僕は旅にでかけよう。
　収録されていた彼の曲。海へ行く車で、波を待つ海辺で、海から上

がりシャワーを浴びた後で、この曲をとにかく聴いた。
　全ての楽器を自ら奏で、唄う。心地良いメロディーと前向きなメッセージ。温かい演奏と優しい笑顔。父親は元ミュージシャン。ジャンルにとらわれないソングライティングが凄くいい。

「高校を出てまずハワイに行った。なんかハワイがいいなぁと思って。中学、高校時代と洋楽を沢山聴いてたし、英語のテストはちょっと良かったから。日本にいた時もサーフィンはちょこちょことやっていたんですけれど、向こうはやっぱり海の水が凄く綺麗だし。海と生活が密接な人達がオアフ島にいっぱいいて、その人達に凄く影響されました。もともと高校の時はモヒカンにしてパンクロックをやっていたけれど、ハワイに行ったらレゲエばっかり聴くようになって。ウクレレとボブ・マーレー。ハワイでも人気でしたから」

　リップスライムのライブでフロントアクトを務め、ヒップホップも好きだ、と言う。どうりで歌の中で、心地良く韻を踏んでくる訳だ。そこらへんもラッパーの僕としては、こんちきしょうと拍手を送りたくなる。でも本当に拍手を送りたいのは彼の姿勢。有言実行。やると言ったらしっかりとやりきる彼のスタイル。彼は言っていた通り、マジでチャリンコで沖縄まで行きやがった。
「2007年夏。東京から沖縄まで。35日間。寝泊まりは、公園にテントで。ストリートライブをしながら行きました。ライブをやる場所と時間をブログで1日前とかに上げると、それを見たみんなが来てくれて。波及して通りすがりの人も足を止めてくれたりしました。駅前でみんなとわあっと唄ったりしながら、沖縄までずっと、ストリートライブをしながら自転車を漕

ぎました」

　実際、ヨースケはどこへ行くのも自転車だ。ギターを背負ってヘッドフォンで音楽を聴きながら、そして大声で歌を唄いながらペダルを漕ぐ。都内の幹線道路沿いを全力で走るヨースケを何度も見た。

「どんな風に世界が終わるのかを想像します。何かが突然襲来してきて終わるのかな?!　終わるなあ〜とか言いながらみんなで能天気にギターを弾いて歌でも唄おうっと」

　友達を集めてワイワイやりながら最後を迎えるというヨースケ。きっと最後の最後でも、彼は楽器を奏でながらその場にいる人を笑顔にするんだ。ビールと友達とギターと笑い。名前の通り、アットホームな空気を作って。

ヨースケ@ HOME　Yosuke@HOME
東京〜沖縄までを自転車で旅をしながら各地でライブを行い、全国からの熱い反響を受け、2008年『パノラマ』でメジャーデビュー。ストリートライブから大規模な野外フェスまであらゆる形式のライブに参戦を続け、現在も自身の音楽活動の傍ら、楽曲提供やライブサポートなど多角的に活動している。飾らない陽気なキャラクターとアットホームな音楽で、今日もノビノビタノシク弾き語り中。　http://yosuke-home.com/

そしたら僕は旅にでかけよう
風の匂いと星の歌が そう道しるべ
そしたら僕は旅にでかけよう
頬なでる風の音に耳を澄まして
ずっとここにいよう

ヨースケ@HOME『そしたら僕は旅にでかけよう』

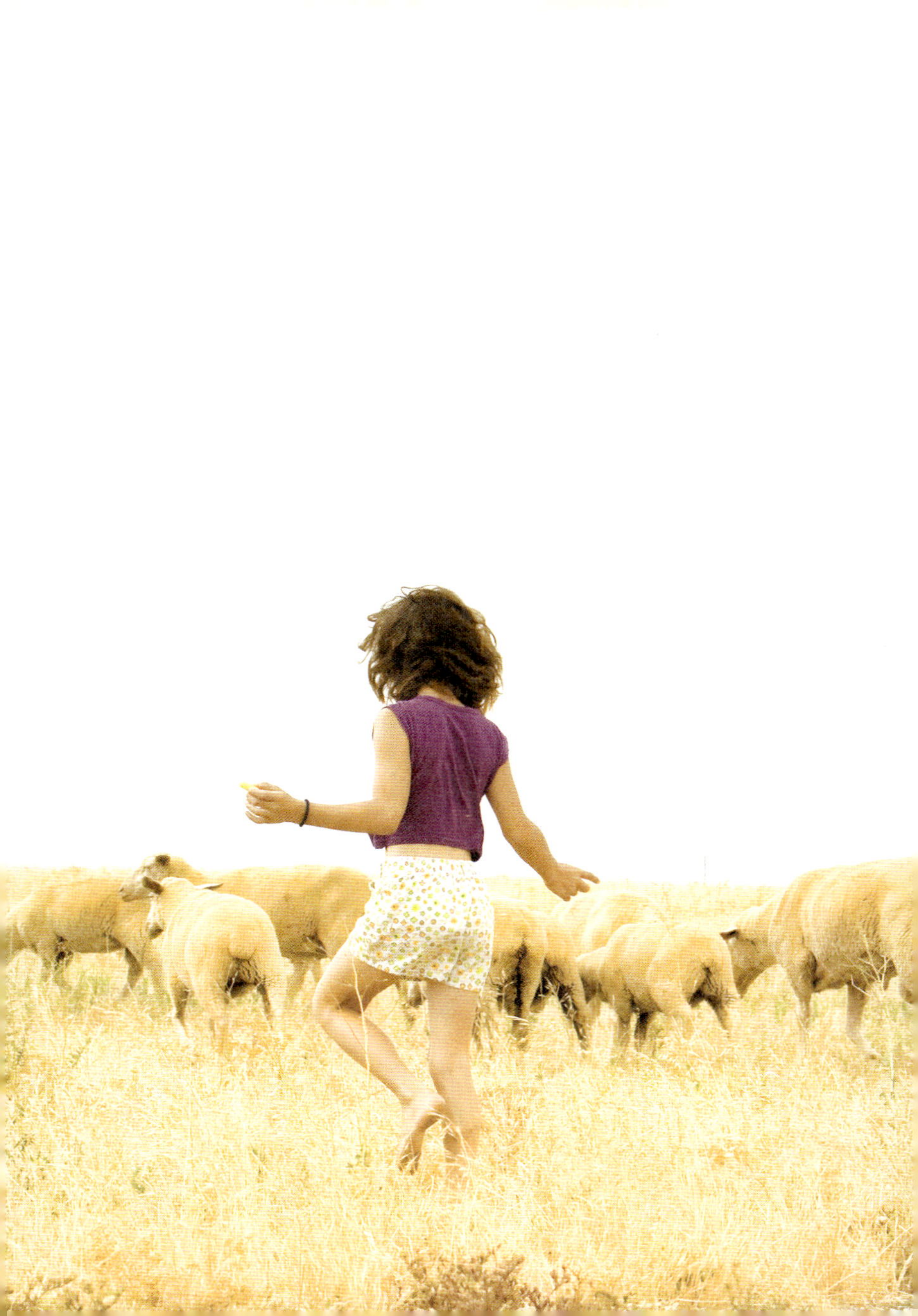

環境問題を笑い飛ばす、
プロフェッショナルボーカリスト

# 広瀬 香美
Kohmi Hirose

広瀬 香美 Kohmi Hirose

　もしも本当に世界が終わるとして、最後に何か一曲聴くのなら一体誰の何を聴くのだろう。
　僕だったらなんだ。自分の曲を聴くのかな。それとも高校ぐらいの時に好きになった、一緒に聴いた誰かを思い出すような、そんな曲を聴くのかな。HIP HOPかな。それとも日本語の歌か。海が似合うようなサーフミュージックかもね。最新のヒットチャートの曲ではきっとないだろう。思い入れのある大切な曲をきっと繰り返して。そんな風に僕は予想する。みんなは何を選ぶのだろう。興味ある。

「迷わずバッハ作曲の『マタイ受難曲』。これを選ぶ。この曲はクラシック音楽がもうこれで終わりだっていうくらい全部の技術が詰め込まれた、いわば集大成。最高傑作なんです。オペラみたいに物語になっていて、キリストが最後の40日、ユダに密告されてから亡くなってしまうまでの間を物語にして語っている。時間があったら死ぬ前にこの曲をもっと分析したいと思っているんです。どんな技術が詰め込まれているか、もっと深く分析したい。いつか時間があったら… そう日々生きているので、最後になって分析しきれなくてごめんなさいって、懺悔の気持ちで死んでいこうと思ってます」

　逢う前と逢った後で、印象がとにかく違った人。広瀬香美。ボーカリスト。誰だって彼女の曲を聴くと冬山へ行きたくなる。実際僕だってゲレンデで何度も彼女の曲を聴いた。伸びやかな高音と切ないメロディー。ポップスを唄う彼女の最後のリクエストがバッハ。あまりにも意外な答え

で笑った。

「クラシック育ちなんです。作曲はまず五線紙を置いて視覚的に創る。今までずうっとそういう風にやってきた」

　音楽に対して、実は凄くストイック。日々研究を怠らず制作を続ける。自らの歌はもちろん、他人への楽曲提供の数も膨大。多くのアーティストの作品に携わり、プロデュースを手がける。

　もちろん広瀬香美といえばハイトーンで広い音域。声量のある歌唱力だ。
「ライブ前日からマスクをしてなるべく人と話さない。本番前のリハーサルも必要最小限。ピッチが安定するためにライブ当日は朝から食事も控える。せっかく人前で唄うのだからそこをピークにもっていかないとね」

　この人ともっと早く出逢っていれば良かった。喉を痛めて手術した経験が僕にはあるから、こんな人にいろいろと教わりたいと思った。
「私自身も喉を壊すと本当に哀しくて、機嫌も悪くなっちゃうのもわかるから。ロスに住んでいた頃から、向こうには専門的なヴォイストレーナーが沢山いて、若い頃から沢山習っていた。日本では探してもなかなかいらっしゃらないので、そういう学校が出来ればなぁと。みんなとお話ししながら悩みを解決してあげられればと思って始めた」

　ヴォイストレーナーとしても活躍中。自らが校長を務めるヴォーカルスクールを開校。指導にあたっている。どうりで。彼女の話、いちいち面白い。思い出されるのは08年、夏のつま恋。ap bank fesでのステージ。歌はもちろん本当に素晴らしかったが、それに輪をかけてトークが印象的だった。
「夏のライブは初めてでした。だから勝手がわからず、どうしたらいいんだろうって。地球が温暖化すると困るんです、と言いました。冬の女王

と言われてますから。もう商売上がったりですよね、雪って何ってなったら。雪ってロマンチックだし素敵じゃないですか。いつか子供が雪だるま作ったりとか、なくなっちゃうのかな。日本って四季があって素敵だと思うので、温暖化止めましょう」

最高です。

世界が今夜で終わりだとしたら、彼女は何をするんだろう。
「今、実家がロスにある。そこに行って両親と抱き合うでしょう。ロス、冬がないのよねえ。コート要らないわよ」

対談の最後に彼女は僕にこっそり教えてくれた。実はスキー、全く出来ないんだって。こんなことを言って僕らを楽しませてくれる彼女は、本当に魅力的だ。

世界が終わる日は、どうやらまだ来ない様子。とりあえず今日が無事終わる。今夜最後に聴く曲は彼女の曲にしよう。

**広瀬 香美** Kohmi Hirose
1992年デビュー。1stシングル『愛があれば大丈夫』からリリースする曲が次々とヒット。『ロマンスの神様』(175万枚)、ベストアルバム『The Best LOVE WINTER』(240万枚)などの大ヒットを記録。2009年には、Twitterがブレイク。アカウント **@kohmi** は2011年9月現在、フォロワー数39万人となっている。今年20周年アニバーサリーイヤーに突入。
広瀬香美オフィシャルサイト　http://www.hirose-kohmi.jp/
広瀬香美音楽学校　http://www.do-dream.co.jp/

この世に生まれて来た以上 でっかい事 目指すしかない
世のため 自分のため 天下を取ってみようと思いませんか HeyHey

どんな人にも 必ずひとつ 誰にも負けない才能がある
磨かなきゃもったいない 人間なんて 所詮なまけ者なんだ

考えてごらんなさい あと100年も生きるのは無理
主役は自分だもの 始めなきゃ始まらない 今すぐ

広瀬香美『A・Q ROCK』

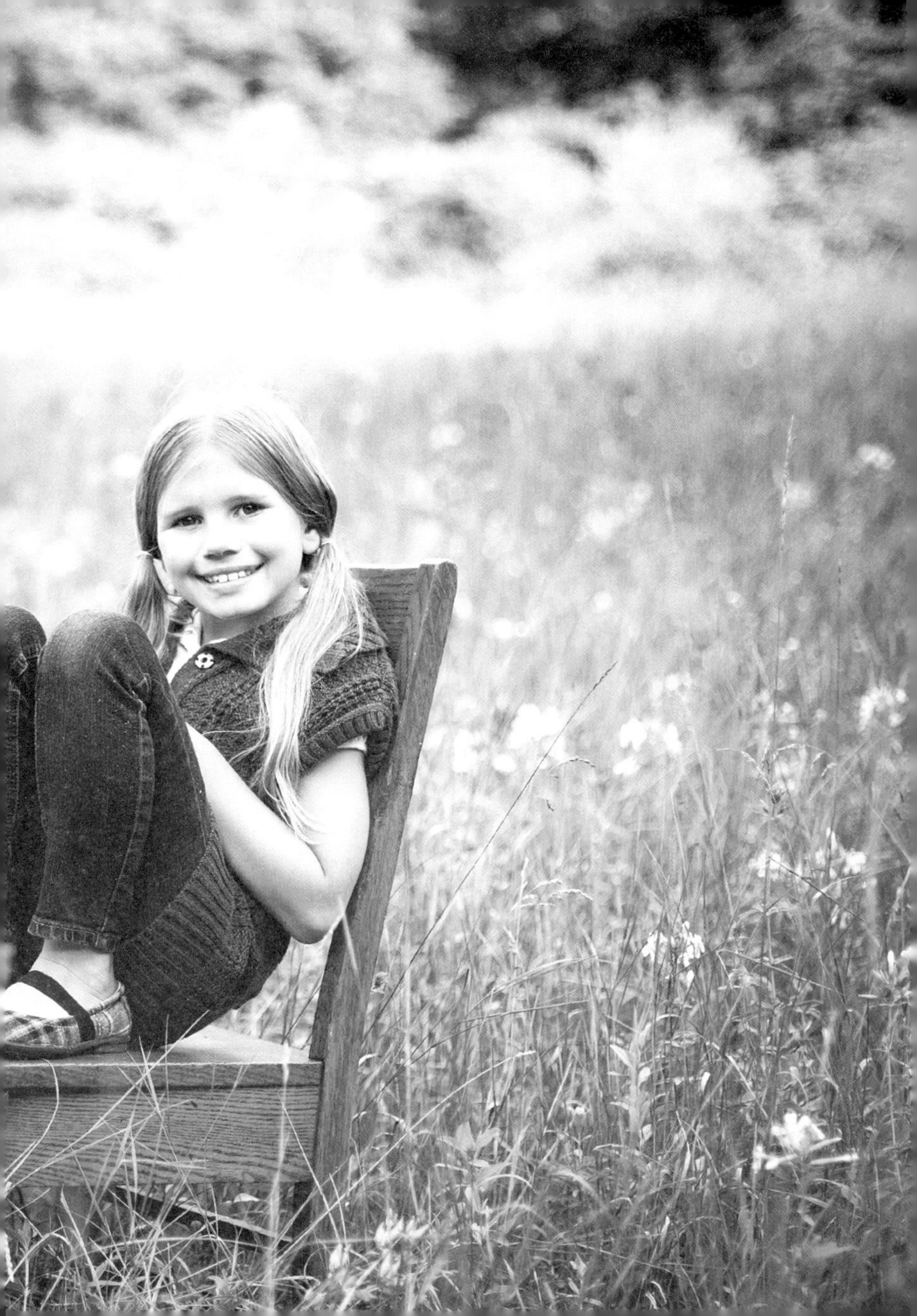

生ききることに情熱を燃やす男

# Candle JUNE
Candle JUNE

# Candle JUNE

　帰宅して、まずテレビをつける。パソコンの電源を入れて、メールをチェックする。溢れる文字。注目を促すキャッチーな言葉。アップデートされた最新の世論や誰かのつぶやき、押し寄せる情報で頭の中が飽和する。
　いつから僕らはこんな感じになったんだっけ?!
　ある年の夏、近所に落ちた落雷のせいで、僕の家とその周辺への電力供給が一時的にストップした。ステレオもデスクトップも、もちろんテレビもダメ。電気がなければ、音楽を楽しむことも出来ないんだ。そんな風に思った。しまってあったキャンドルに火を灯し、ホコリがかぶったままだったアコースティックギターを久しぶりに鳴らしてみた。悪くなかった。電気がなくて不便ではあったけれど、気にするほどのことでもないと思えた。これが、僕がキャンドルに興味を持つようになったキッカケ。

　キャンドルの灯り。見ているだけで心が和む。独特なあの香り。あたたかい色が揺れるのを見ていると、実は必要なものはあんまりないんじゃないかと思えたりする。沈黙が心地良くなり、時間がゆっくりと流れ始める。いいよね、灯りってさ。
　キャンドル・ジュン。僕が彼の名前を知ったのはちょうどその頃。世界のいろいろな場所で火を灯す人。広島、長崎、そしてNY。哀しみのあった場所で平和の火を灯し、伝えるキャンドルアーティスト。

「すべては繋がっている」
　彼は言う。
「それは大切なものを僕に教えてくれる」

運命、必然。それがキャンドルを始めた理由。そう彼は冗談めかしたけれど、実際のところはどうだったのだろう。
「最後に残ったもの。大人になって家を出る。何のために生きてゆくのか？ 自分自身何をする？ 家賃や食べるために仕事をする？ 働くのは生きるため？ では生きる目的って何？ 生きる目的がないのなら死を意識するしかない。徹底的になんとなく生きるのを止めてみた。ポジティブやネガティブという言葉が流行り始めていた頃の話。悩んでいても始まらないから、とりあえずやれることをやれ。そんな考え方が嫌いだった。わからないことをなんとなくやっているのが嫌だった。誰のせいにもしたくない。眠ること。食べること。飲むこと。わからないのに生きるという選択をしたくないとも思った。誰のせいにもしない自分の選択。とことん自分と向き合ってみた。食べない、眠らない、何も見ない、何も聞かない。そして最後に残ったのが、ロウソク」

　彼は言う。
「生きることは"もっと、もっと"。もっと楽しいことがある。もっといい暮らしがある。そんな選択をしないでいい生き方がないかと考えた。終わり方はないかと考えた。それは死。自ら選ぶ死で、自殺というくくりに入らない終わり方。人に哀しみを与えない、みんなに納得を与えられる死。哀しむことのない、"もっと、もっと"を選ばなくて良い、そんな死」
　理想的な死を選びたいと、彼は言う。
「ジミヘン、カート・コバーン。若くして死んだアーティストに憧れたことがある。自分はどうだろう。彼らが遺したこと、そのレベルにいっているのか。ある時から、やるべきことをやりきったから彼らは死ねたんだ、そう思えるようになった。本人達の意識とは別だとは思うが、やるべきこと

を成し遂げたら気持ちのいい死が待っている、と。なぜ僕らは生きるのだろう。これまでそう考えていたが、そうではなくて、積極的に生ききる。生ききるということに集中すれば、最も早く正しい死がやってくる。そう思えるようになった」

その時19歳。この境地にたどり着いたキャンドル・ジュン。そこからの彼は"生ききること"に邁進したという。ロウソクを創った。哀しみがあった場所へ出向き、癒しの火を灯した。テロや戦争の爪痕が残る場所へ出向き祈った。東日本大震災後には福島にも積極的に足を運んでいる。

「だから世界が今夜終わっても悔いはない。毎日を精一杯生ききっているから。おじいちゃんになるまで死なないだろう。そして死期が近いことをもし自分が知ったなら、山に入るだろう。自分が創りたい理想の村があって、その村の裏の山。自分が死んだら、その村でお祭りが始まる。悲しいお葬式じゃなくて3日3晩続くフェスだよ」

死ぬことにこれほど情熱を燃やす人を僕は知らない。キャンドルに火を灯すことにこれほど意味を見い出す人を僕は知らない。急ぎすぎる現代人に一番必要なのは、彼みたいな自由な考え方を持つ隣人と出逢うことなのかもしれない。

Take it slow。ゆっくりと今日は語り明かそう。キャンドルを灯そう。

### Candle JUNE

世界各地で火を灯す。2001年に広島で「平和の火」を灯してから、「Candle Odyssey」と称する争いのあった地を巡る旅を始める。アメリカを横断、N.Y.グランド・ゼロで火を灯し、その後アフガニスタンへ。広島、長崎など毎年国内を旅し、2005年からは終戦記念日に中国チチハルにて火を灯す。Candle Odysseyの集大成となる『Candle Odyssey –the book–』が出版された。**http://www.candlejune.jp/**
3.11以降はラブフォーニッポンとして活動中　**http://www.lfn.jp/**

# すべては繋がっている

Candle JUNE『Candle Odyssey –the book–』(白夜書房)

志に沿い、出逢いを奏でる
プロデューサー

# 小林 武史
Takeshi Kobayashi

**小林　武史** Takeshi Kobayashi

　2004年1月。とあるライブの打ち上げ会場で僕は初めて小林武史と逢った。近所だから、と自転車で会場入りしてきた彼の一面を見ることが出来たのは幸運。ステージや雑誌、メディアから抱いていた彼のイメージはインテリで、気難しそうで、ちょっと怖そう。だけど違った。想像していた勝手なイメージと実体はかけ離れていて、ほっとする。僕がとやかく言うまでもない。日本屈指の音楽プロデューサー。

　あれから数年が過ぎた。
　ap bank fesや東京環境会議、ライブ会場やスタジオで逢う度に、僕は小林武史を観察することにしている。観察という表現が正しいのかはわからないけれど、とにかく見ている。百戦錬磨のこの人から学ぶことは、本当に多い。
　Mr.Childrenの桜井くん曰く、
「常人の1000倍の解析力で音楽を分析し、作り出す」
　いわば音楽の達人。
　初めて作業を共にしたのは桜井くんとの共作、『手を出すな！』のレコーディングで。恐ろしく判断が精確でアドバイスが的確で、そして回転が速かった。作業はズバズバ進み、気が付けば完成。それまで僕が描いてきたレコーディング観は、すっかり変えられてしまった。

　そんな彼、こんなことを日頃言う。
「どうせ…という言葉が嫌い」
　人ごと、責任回避、何かに対して実行もせず、諦めたりすること、そ

れがきっと嫌いなんだ。

　行動力の人。気になったら調べる。そして実感を得る。小林武史とはそういう人だ。
「直接のきっかけは9.11」
　テレビで繰り返し流れていたあのニュースを見て、そして彼は実行に移した。
　ap bank設立。
「お金の使い方。あくまでお金は道具であって、目的ではない。テロや戦争、その全てにお金が巧妙に関係していることを知った。環境問題とはそういう世界の上で起きている現実。つまりお金のあり方に疑問を持つその姿勢こそが、ap bankの根底にある。使い方さえ間違えなければ、世界はもっと良くなるし、そこで僕にしか出来ない役割、僕がやったほうがいいこと、そういうものを実行していこう、と。そこが明確になった」
　ap bankは環境問題に特化した団体、個人に融資をする組織。ではap bank fesとは？
「音楽を通して人々のココロにじんわりと響かせる。何回も繰り返して。それを継続していく。それこそが役割。僕は言い出しっぺとしての役割。バンマスとしての役割。会場を視察して、全体の把握。言葉でこうしろ、ああしろと説得するのではなく、音楽で訴えかける。とにかくいい方向へシフトさせたいね」

　ラジオでの対談で僕は改めて、聞いた。死について。
「この世界。人間だけのことでない。他の命を頂いて生きている。循環だよね。人間だけのことじゃないから、だからこそ生きるということに謙虚でいたい」

2006年のap bank fesでのエピソード。日課である朝の水泳。その日のリハーサル。本番開始。バンマスとしてのBank Bandでの演奏。終了後に取材やラジオ出演をこなし、急いで食事。すぐさまMr.Childrenでの演奏へと突入。打ち上げでは沢山のアーティスト達との談笑。前の日もきっと睡眠は少なくて、キツいはずになのに。最終日、打ち上げが終了し、三々五々のタイミング。会場の隅にあったピアノを見つけ、一人黙々とそれを弾いていた。この人はどれだけ音楽が好きなのだろうか。僕がこう言うのもなんだか、実に微笑ましかった。

　改めて聞いた。世界が今夜終わるなら、どうする？
　最後の夜が来たら困るけれど、そんな日が仮に来るならば、と仮定してこう彼は答えた。
「多分ピアノを弾くと思う。自分のテンポで演奏する。そのうち自分と音楽が同化してゆくんだよ。それがいいかな。でももしピアノが最後の夜、その場所になかったら、せっかくだから集めたワインを全て開ける。年代物のちょっといいのもあるしね。仲間や事務所の社員やガクも呼んでワイン全て飲み干そう」
　ガブガブと飲み干す高級ワイン。そんな日が来たらちょっと困るが、それはそれで飲んでみたい。話を聞きながら僕はそう思った。

**小林 武史** Takeshi Kobayashi
音楽プロデューサー、キーボーディスト。Mr.Childrenをはじめ、サザンオールスターズ、大貫妙子、井上陽水等、日本を代表する数多くのアーティストのレコーディング、プロデュースを手がける。1991年OORONG-SHA設立。2003年には、櫻井和寿、坂本龍一氏と共に非営利組織「ap bank」を設立。映画「BANDAGE」では音楽だけでなく監督も手がけるなど、幅広い活動をおこなっている。
ap bank  http://www.apbank.jp
エコレゾウェブ  http://www.eco-reso.jp/

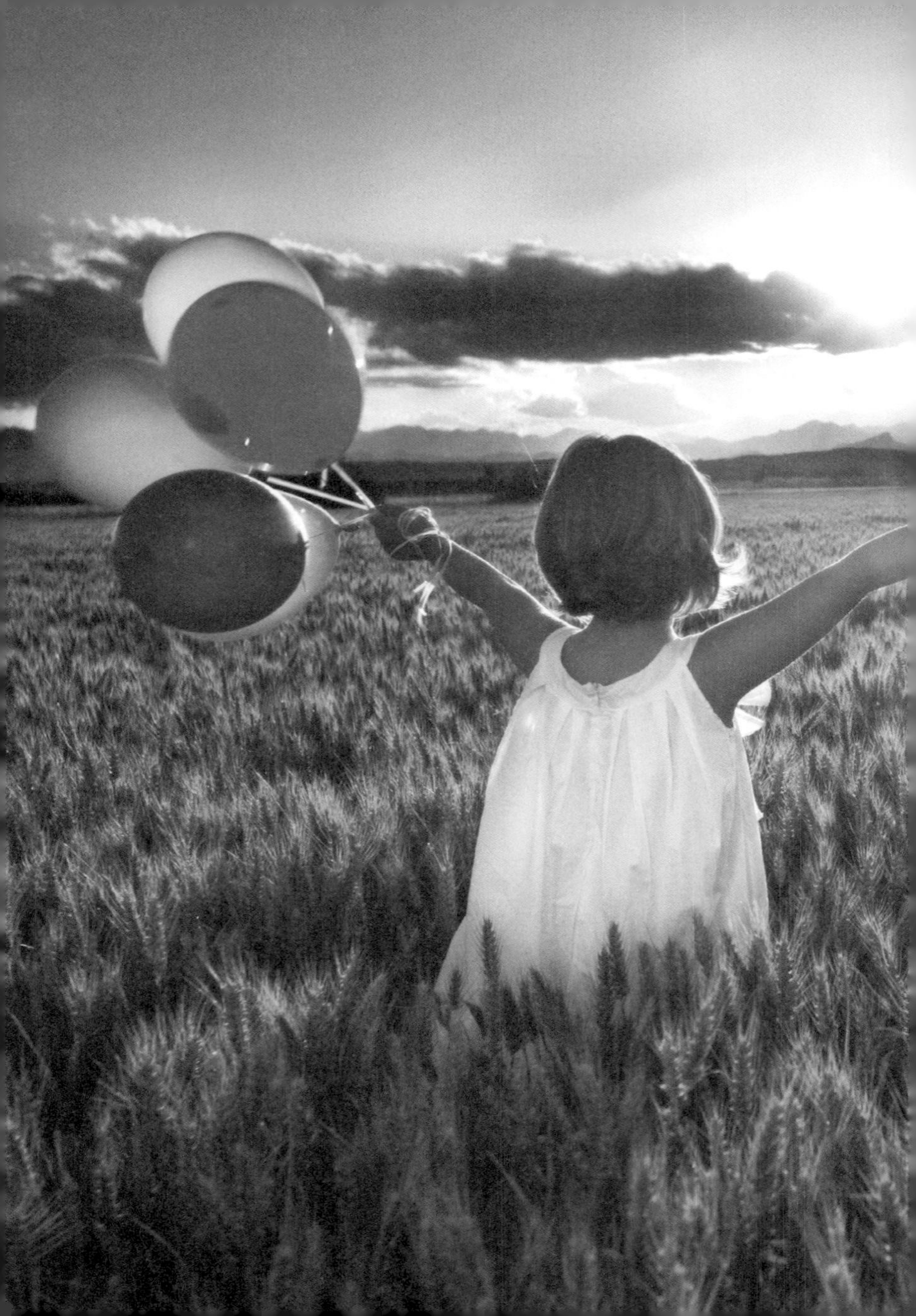

どんな一日になるのか分からないけど
昨日よりきっと 新しい

どんな一日になるかは自分次第
だから飛び込んで この wonderful world

Salyu「magic」

チャーミングに世界を変える
メッセンジャー

# マエキタミヤコ
Miyako Maekita

マエキタ　ミヤコ　Miyako Maekita

　2011年は、節電の必要を改めて感じた夏だった。計画停電なるものが実施され、発電能力不足を補うために、一般家庭やオフィスの電力供給を電力会社は順次停止した。企業などの大口利用者には、電力の使用制限令が言い渡され、使用最大電力から15%減らした値を上限とすることが通達された。

　電力には限りがある。そんな当たり前のことをすっかり忘れて、僕らは随分長いこと暮らしてきたみたい。でんき予報なるものが毎日伝えられ、天気予報のそれのように、「電気の供給は、比較的余裕のある一日となりそうです」なんて報告が、テレビやネットのニュースで配信された。秋口には一応電力の使用制限令は解除されたけれど、電力についての僕らの感覚は、以前に比べて遥かにシビアになっていると思う。大切にしなくてはいけない。無駄にしてはいけない。そのために明かりをこまめに消す。使っていないパソコンのスイッチは切る。冷蔵庫のドアはすぐに閉める。クーラーの設定温度は2℃高く。…そんな具合に。

「みんなでいっせいに電気を消しましょう。ロウソクの明かりで子供に絵本を読んであげるのもいいでしょう。静かに恋人と食事をするのもいいでしょう。プラグを抜くことは、新たな世界の窓を開くこと」

　東日本大震災が起こる10年も前から、我が国では節電を呼びかける運動が行われている。100万人のキャンドルナイト。2001年、カナダで起こった自主停電運動がヒントとなって始まった市民運動。夏至と冬至の夜に日本各地でイベントが行われ、毎年沢山の人が参加している。

　電気を消そう。キャンドルを灯そう。

同じメッセージでも、キャンドルを灯そうと言われたら、なんだか素敵だ。

　環境NGOの広告を手がける「サステナ」の代表で、「100万人のキャンドルナイト」呼びかけ人。マエキタミヤコは、震災の起こる前にこんなことを言っていた。
「例えば社会的意義のあることとか、いいことっていうのは、真面目にやらなくちゃいけない、ふざけちゃいけない。そう思い込んでいる人が多くいる。でも、大切なのは楽しいということ。楽しかったり、おいしかったり、音楽が流れていたりすると、人間っていい面が必ず出てくるのです」
　チャーミングに世の中を変える。それが信条だそうだ。日本に自主停電運動を定着させるために、それを「100万人のキャンドルナイト」と命名したマエキタ。世の中を良い方へ転換させたい。エコシフトさせたい。それに必要なのは"チャーミング"。
「人間の文明っていうものを見直してみよう。文明って、文が明るいって書くじゃないですか。明かりを灯して文を得る。勉強する。きっとそういうことだと思う。人生ってなんだろう。いわゆる電気のことだけれども、それを見直すことでいろいろと自分の生活だとか、欲望だとか、喜びだとか、考え直すことが出来るんじゃない？」

　震災後、やっぱり彼女は動いていた。原発に頼らない日本を創るための勉強会を開いた。多くの人が参加出来るようにとトークイベントやデモ行進（パレードって言われたら、なんだか参加しやすいぞ）などを企画、実行した。福島のことを考え、そして日本の将来を考える機会をつくり、人々を巻き込んでいる。そのやり方はあくまでチャーミング。ブログやツイッターを駆使し、わかりやすい言葉と斬新な切り口で、今の政治とエ

ネルギー問題を僕らに伝え続けている。節電の必要性を、頭だけでなく、体で感じた僕らのココロに、彼女の言葉はすっと入ってくる。自分達で考えなくてはならないと、そんな気分にさせてくれる。未来の日本のために、そしてその時代の主役になるであろう子供達のために、彼女は今日もクリエイトし続けている。

　最後の夜はどう過ごすのだろう。
「ゆっくりしたいと思いながらも、せかせかと伝えきれていないことを最後まで伝え続けるのではないでしょうか」
　想いを伝えるメッセンジャー。最後の最後まで、彼女は多くの人にメッセージを届けるんだ。チャーミングにそれを届けるんだ。

**マエキタ ミヤコ** Miyako Maekita
1963年東京生まれ。コピーライター、クリエイティブディレクターとして、97年より、NGOの広告に取り組み、2002年にソーシャルクリエイティブエージェンシー「サステナ」を設立。「エココロ」を通して、日々、世の中をエコシフトさせるために奔走中。「100万人のキャンドルナイト」呼びかけ人代表・幹事、「ほっとけない 世界のまずしさ」キャンペーン実行委員。
http://maekita.jugem.jp/

がんばる事も
がんばらない事も
別にどっちも
たいした事じゃない
そんな事言ってることじたい
見込みはねぇのさ

なぁ　もっと
チャーミングに行こうぜ

なぁ　もっと
チャーミングに

三代目魚武濱田成夫
「駅の名前を全部言えるようなガキにだけは死んでもなりたくない」(角川文庫) SOUL・Ⅱより抜粋

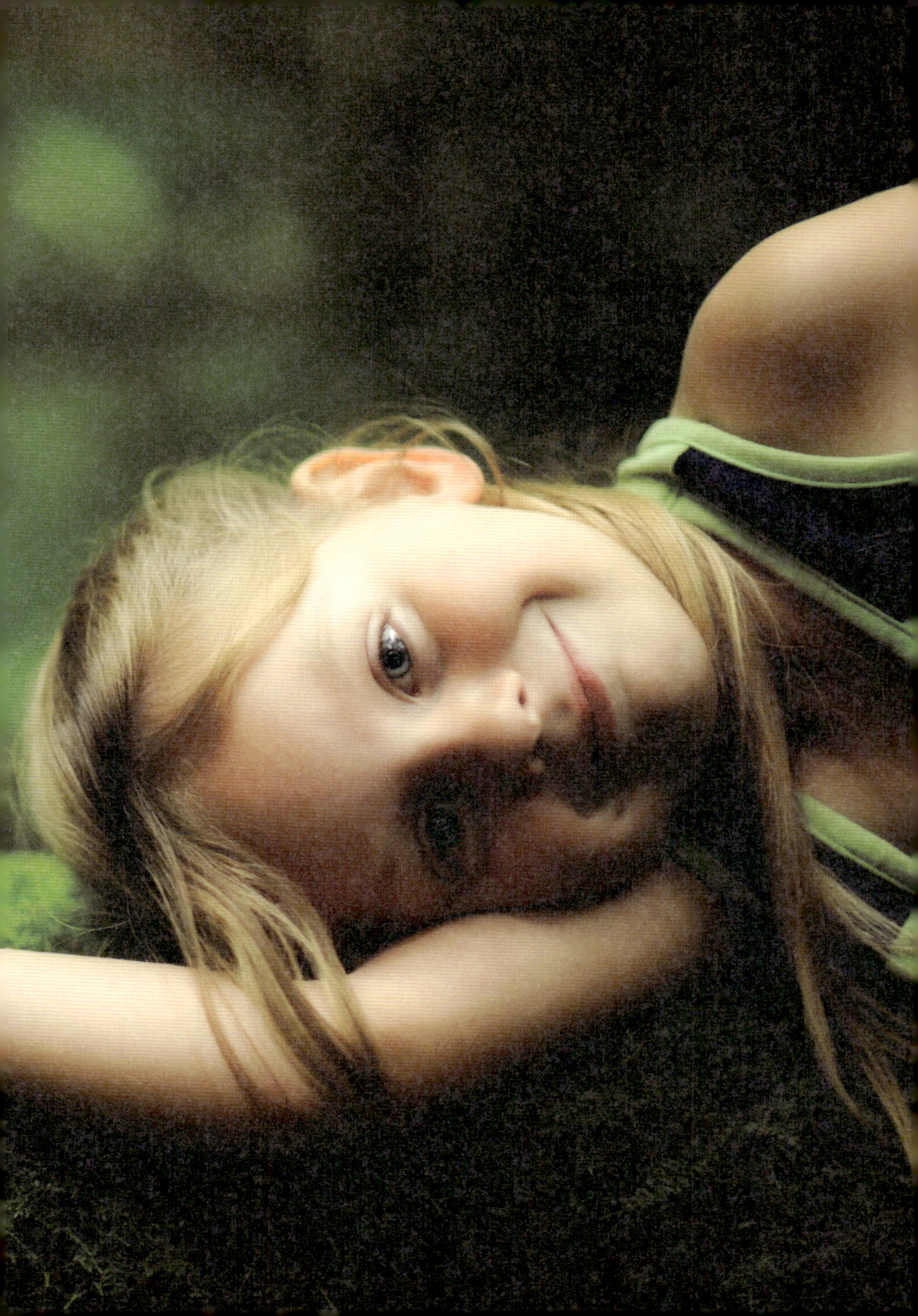

6900000000分の1。
チャレンジを続けるメッセンジャー

# 乙武 洋匡
Hirotada Ototake

乙武 洋匡 Hirotada Ototake

　世界にはこんなジョークがあるという。沈みゆく船から乗客を海に飛び込ませるための船長の言葉。アメリカ人に効く言葉は、"お前はヒーローだ。飛び込め"。イギリス人には、"お前はジェントルマンだ。行け"。イタリア人には、"飛び込んだら、モテるよ"。そして我らが日本人には、"みんな飛び込んでいるよ"。

　笑った。思い当たるフシ、あるもんね。街へ出る。ショッピングモール。どこへ行っても同じような雰囲気のグループで溢れている。女子の二人組を見るといい。たいてい同じ。着ている服。髪型。そしてメイクまで。

　みんなと同じ。それが安心。違ってはいけない。はみ出してはいけない。いつからか、僕らの街にはそんな空気が流れている。"違う"ということはネガティブなことなんだ。そんな考え方がこの街にはうっすらと、でも確実に流れている。

「人はこの広い世界の6900000000分の1の存在。そのくらいのちっぽけな存在でしかないのだけれど、その代わりを務めることが出来るのは誰もいない。君は君。だからみんな違っていていい。それでいいのです」
　乙武洋匡。これが彼のメッセージ。
『五体不満足』がベストセラーとなり日本中に知られることとなった作家。手と足がない先天性四肢切断という障害を、僕は彼を通して初めて知った。容易い状況ではない。僕にだってわかる。ご家族のことを考えると、言葉が濁る。
「母が僕を出産した1ヶ月後、初めて僕と対面した時のこと。手足がないことを知らされてなかった母の最初の一言は、『かわいい』だった。そう

言って抱きしめてくれた。それからずっと僕は家族に愛され、育てられてきました。自己肯定感という人間として大切な感情を持つことが出来たお陰で、僕はこれまでやってくることが出来た」

　障害をマイナスに捉えていない。乙武は言う。障害はただの"特徴"だ、と。人と違う、自分の特徴。そのお陰で気付いたこと、わかったこと、出逢えた人、そういうものが沢山ある。そう乙武は言った。

「僕にだから出来ることがあると思えた。特に子供達。こんな体でもトライすれば出来るんだ。それを見せることによって、チャレンジする気持ちをずっと持ってもらいたい」

　乙武は教師となった。まだ未熟な子供が犯す過ちを何度もニュースで見るうちに、教師になりたいと思うようになったと言う。自分は愛情を持って親から、そして周りから育ててもらった。その恩を次の世代に渡したい。過ちを犯してしまう子供達を少しでも救いたい。そう考えての決断だった。
「プール、僕も苦手です。手と足、ないですから。浮かぶのも難しいし、何より顔についた水も拭えない。だけど泳げないと言う子供に、がんばれだけでは白々しい。だから先生も5メートル泳ぐと宣言した。体をくゆらせ、もがいている姿を見せた。水に顔をつけられなかった子供がそれを見て、トライし始めた時は嬉しかった。出来るようになる姿を見るのは嬉しい。伝えたいことは山ほどある」

　でも世界の終わり。もしかしたら今夜かもしれないよ。
「明日死ぬかもしれない。いつもそんなことを思っています。だからなるべく日々、感謝の言葉を周りの人に伝えている。今日、僕が死んでも悔いを残さないようにしているつもり。妻や子供、沢山の愛情を持って育

ててくれた母親。普段から言葉に出して、伝えている。だけど随分前に死んだ父親にはもう一度、ちゃんとありがとうと伝えたい。僕がこうやってやれているのも、彼が日々、愛情を注いでくれたお陰ですから。だから最後の夜は墓参り」

でももし世界が明日も続くなら。そう言って乙武は続けた。
「教師になるなんて思ってもいなかった。アーティストの友人が出来て、一緒に歌を唄うなんてことも想像出来なかった。小説を出したことだって、保育園を経営していることだって、全く想像出来なかった。だから5年後、10年後、未来に対してとてもワクワクしている。伝えたいことはメッセージ。チャレンジすることを忘れない。そしてみんな違っていい。その二つをずっと伝え続けてゆきたい」

乙武の想いが叶ったら、あの冒頭のジョーク、数年後には変わるかもしれないなあ。船の上から船長が日本人に叫ぶ言葉。その時船長は船上でどんな言葉を叫ぶんだろう。

乙武 洋匡 Hirotada Ototake
大学在学中、自身の経験を綴った『五体不満足』(講談社)が500万部を超す大ベストセラーに。'99年3月からTBS系『ニュースの森』でサブキャスターを務め、大学卒業後は、スポーツライターとして活躍。'07年に小学校教諭二種免許状を取得し、'10年3月まで小学校教諭として勤務。現在は、メディアを通して教育現場で得た経験を発信していく活動を柱としている。
Official http://www.ototake.com/
Twitter http://twitter.com/h_ototake

きれいな音はでないけど、
あの鳴るすずはわたしのように
たくさんなうたは知らないよ。
すずと、小鳥と、それからわたし、
みんなちがって、みんないい。

金子みすゞ『金子みすゞ童謡集　わたしと小鳥とすずと』(JULA出版局)

「わたしと小鳥とすずと」

わたしが両手をひろげても、
お空はちっともとべないが、
とべる小鳥はわたしのように、
地面(じべた)をはやくは走れない。

わたしがからだをゆすっても、

HIPHOP界の ONE AND ONLY

# ナイス橋本
Nice Hashimoto

ナイス 橋本　Nice Hashimoto

　ラップという音楽を広めたい。
　中学の時に観た一本の映画が最初だった。『フラッシュダンス』。ヒロインがジャズダンサーとして大成してゆくというアメリカ青春映画。その映画の中にほんの一瞬、登場したのがブレイクダンス。それが世界を変えた。一瞬だったダンスシーンではあるが、それこそが"きっかけ"だと言われている。世界中のキッズがそれを見て、ヒップホップヘッズへ覚醒した、と。僕もその一人。ブレイクダンスの魅力にやられ、気が付けばそのダンスを盛り上げる音楽自体、つまりヒップホップに魅了された。
　ヒップホップの歌唱方法の一つ。それがラップ。こんな音楽があるんだぜ。クラスメイトや部活の仲間に選曲したテープを配りまくった。『ヒップホップ 夏スペシャル』とか、そんな感じの。集めた音源を配るだけでは飽き足らず、自分でも始めてみた。ラップって楽しいでしょ。それを伝えたくて。
　ヒップホップグループのEASTENDを始めて、YURIと出逢って、そして『DA.YO.NE』がヒットした。売上は100万枚を超え、紅白にも出た。"ラップを世間に広めたい"。ちょっとはそれが出来たとも思う。でもまだ満足なんかしていない。全然していない。もっともっと。ラップの魅力を伝えたい。広めたい。普通のものとして、認知させたい。楽しい曲もあるし、胸の奥をぎゅっと締め付ける曲だってあるし、きっともっと創れる。こんな時代だから、ラップで世界をプラスの方向にしたい。一人でそれを突き詰める時もある。仲間とタッグを組んで、作業する時もある。コラボレーションも楽しいから。中でも彼との作業は良い思い出だ。

ナイス橋本。メロディー感のあるラップを得意とするラッパー。シーンの中でもいい意味でちょっと浮いていて、変わり者。とにかく誰とも似てない。ONE AND ONLY。出逢ったのはいつ頃だったろう。
「一緒につるむようになったのは、ここ数年。ケツメイシのDJ KOHNOさんの曲、『お客様が神様です』のレコーディングあたりです。でも実はもっと前に逢っています。一方的ですけどね。ガクさん、大阪でラップ教室の先生やってはったでしょ?!　僕はそこで生徒でした」
　え、そうなの。そんな話、聞いてない。
「95年ぐらいかな。僕が大阪にいた頃。ラップに興味を持ち始めて、そんな時にガクさんが大阪に来て、ラップ教室やるって聞いて。19歳でした」
　思い出した。確かにやった。もう随分と前の話。とにかくクラブに入れないような若い中高生にもラップの魅力を伝えたい。ならばどうしたらいいんだろう。そうか、ラップ教室だ。今考えたら少し笑えるが、当時は必死でそんなこともやってみたりした。今では当たり前の日本ヒップホップシーンもまだ幼くて、手探り。でもまさかナイスがそこにいたとは。これも何かの巡り合わせかな。

「僕が東京に来て初めてガクさんに渡したデモテープ、憶えていますか?」
　それは忘れていなかった。『1、2、3』。ナイスのデビューアルバム『after the rain』に収録されている名曲。最初に渡されたデモにそれは入っていた。しかしその曲のトラックは、アルバムに入っていたものではなく、他のラッパーのインストの上でラップしたバージョン。
「EASTEND×YURIの曲で一番好きな曲でした。だからリスペクトの意味も込めて使わせてもらいました」
　ナイスの最初のデモに使われていた曲は『ね』。グループの時の作品

で、実は僕が一番好きな曲。その僕の曲のインストで作ったナイスのデモ。忘れる訳がない。
「改めて言うのもなんですが、今作品を一緒に作れて、ドキドキします」
『今日からみんなともだち』は、そんなナイス橋本と作った曲だ。この本にも登場するもう一人の友人、サーファーでアコギ弾きの歌唄い、ヨースケ＠HOMEと三人で作った。ホワイトボードに向かって、ああでもない、こうでもないと書いた。テーマを決めて、メロディーを考えて、そして気の利いた韻にはアンダーラインを引いた。今思うと笑えるが、大阪のラップ教室でラップの歌詞、韻の踏み方の説明に使ったのも同じようなホワイトボードだったから、きっとナイスはドキドキしていたんだろうなぁと思う。笑う。

「世界の終わり、最後の夜が来たら、好きな人といる。まだ結婚してないから、見つけなきゃ」
　そんな風にナイスは言った。うちには妻と子供がいるが、もしそんなタイミングが突然やって来て、ナイスにまだ家族がいなかったら、うちに来ればいい。みんなで楽しくやろうぜ。そんなふうに言ってみた。一緒にラップをして、最後の夜を盛り上げよう。ブレイクダンスもついでに踊ってみるのもいいかもね。笑うよ、きっと。

**ナイス 橋本 Nice Hashimoto**
2006年インディーズから『nice to meet you』をリリースし話題を集める。その楽曲センスからSMAPやハルカリ Leadなど数多くのアーティストに楽曲提供をしつつ、2006年10月にシングル『キミは君★』でメジャーデビュー。その後も『キンミライ』、『夏の手紙』などスマッシュヒットを連発。2011年に自分のルーツである音楽を追究するべく制作した『midnight camp』を発売。現在2枚目を制作中！
http://www.nicehashimoto.com/

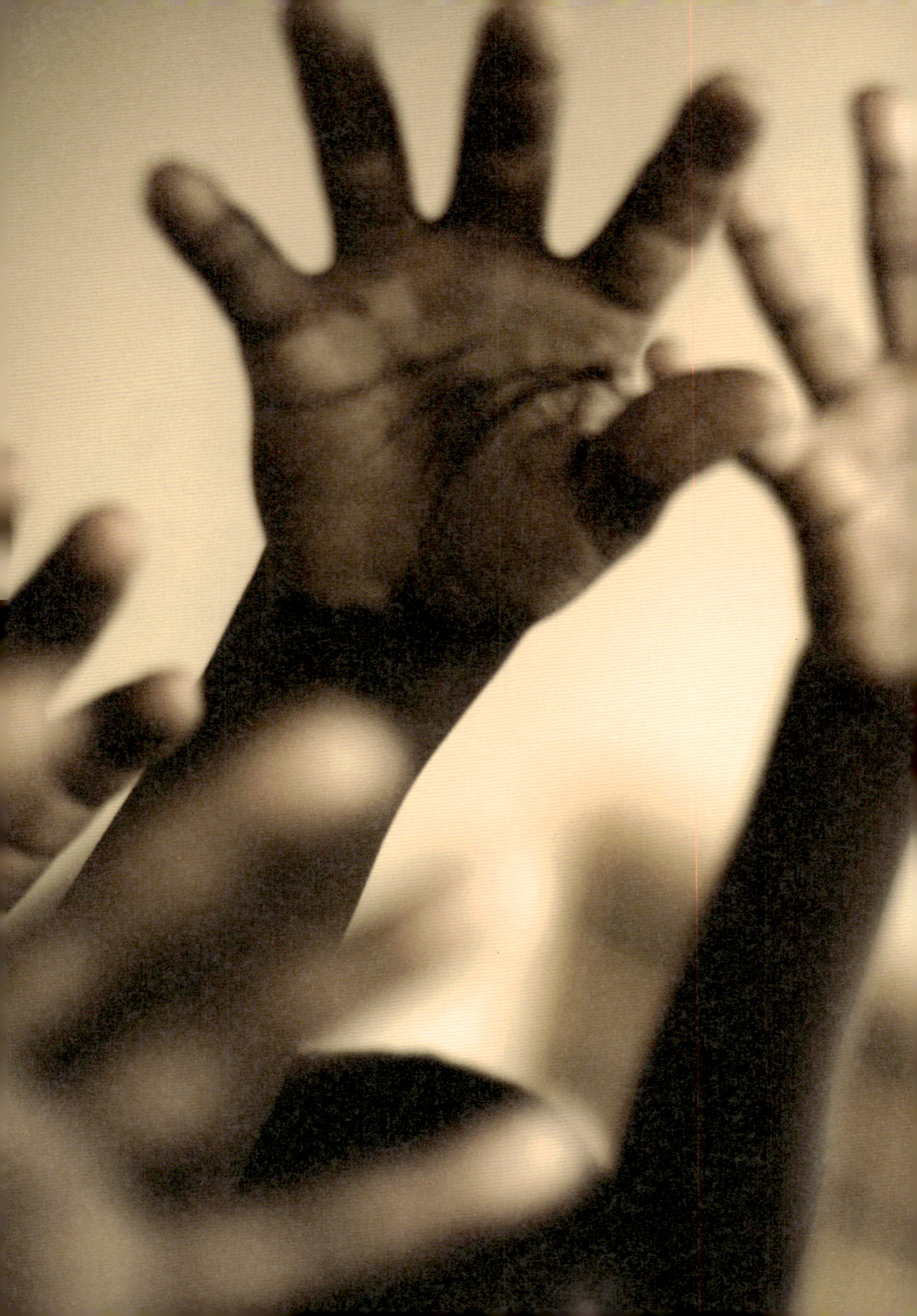

叫べWA!（WA!）　僕らの目指すものは（は）
もちろん世界平和（和）　その為に出来ることは（は）
What?（What?）
叫べWA!（WA!）　手始めにまずは（は）
繋げる友達の輪（輪）　そして音楽の和（和）　輪（輪）　ワ！

今日からみんな友達　やっと出会えたコトだし
遠くに居た　キミと僕が　同じこの場所で唄ってる
奏で合う　響き合う　ラララ

GAKU-MC × ナイス橋本 × ヨースケ@HOME「今日からみんなともだち」

世界を守るために飛び回る環境活動家

# セヴァン・カリス=スズキ
Severn Cullis-Suzuki

**セヴァン・カリス゠スズキ** Severn Cullis-Suzuki

　消極的な発想からは何も生まれない。
　僕は常々思う。曲を創るにしても、物語を書くにしても、きっとビジネスにしても。芸術。科学。工業。既存にあるモノを破壊して、新たに生み出す。ぶっ壊して、試行錯誤して、そしてその結果として新しいモノが生まれるんだ。ロックミュージックやヒップホップは、だから生まれた。家庭にある便利な電化製品達だって、車だって、飛行機だって。服や食品。薬。流通。インターネット。今あるモノをずっと大切にしよう、とか、勝ち取ったモノをただ守る、とか。そういう考えでは世間が驚くような新発見は出来ないし、進歩もない。
　新しい挑戦こそが人類の発展だ。誰もやらないことをやる。前進してきたからこそ今の便利な生活がある。
「自分が世界を変えるんだ」
　そうやって奮闘してきた先人達の功績が、僕らの生活を豊かにした。彼らの夢が具現化し、それによって今がある。それは間違いのない事実だ。

　環境破壊が叫ばれてどれくらいが経つんだろう。温暖化。森林伐採。エネルギー問題。環境汚染。最近の僕達は安易に、
「地球のために出来ることをしよう」
　そう言うけれど、
「身の回りで出来ることをちょっとずつ」
　とか言うけれど、そもそもそれもどうなんだ。そう思うことがある。自分達の生活を向上させるために、家族や村、街、国、人々の暮らしを守るために、ここまで人間は突っ走ってきた訳で。だから人類の発展の

ためには、もしかするともっと森林を伐採しなくてはいけないかもしれない。地下資源を確保するために、もっと深くまで掘らなくてはいけないかもしれない。食糧不足を補うために遺伝子組み換えだって本当は必要なのかもしれない。綺麗事なんて言ってられないし、誤解を恐れずに言えば、もっともっと壊さなくてはいけないのかもしれない。

「直し方がわからないものを壊すのはもうやめて」
　1992年、リオ・デ・ジャネイロで開催された環境サミットで12歳のカナダ人少女が大人達の前で、そして世界に向けてこう言った。彼女の名前はセヴァン・スズキ。環境破壊を止めようと、自費でカナダからブラジルまで渡った強者だ。
「92年当時は空気の汚染、海の汚染、そして今は改善されましたが、オゾン層の問題がありました。子供の私達にとっては恐ろしいことです。大人になった時に、綺麗な空気、綺麗な水というものはどこにあるんだろう。それが切実な問題としてありました」
　環境活動家になったセヴァン・スズキ。現在は世界を守るために、各国を飛び回るエコロジスト。

「未来の世代の代表としてスピーチした」
　当時の自分を振り返りセヴァンは僕にそう言った。既に大人になった政治家がこれからの世界を決めている。自分達がいなくなって、それから後の世界。子供達の未来の世界をその未来にはいないであろう大人達が決めている。
「政治のこと、ビジネスのことは大人にとってはもちろん大切かもしれないけれど、それは何よりも綺麗な水や空気があってこその経済や政治。そう訴えた」

世界を変えたメッセージ。12歳が放った言葉は世界を駆け巡り、そして話題となった。スピーチをまとめた本が出版され、インターネットの動画サイトではその映像を気軽に見ることが出来る。あれから随分経った。世界は変わったんだろうか。

「世界を変えた、といろいろな人から言われた。けれど本当にそうだったんだろうかとも思う。20年近く経って仮に同じ発言の機会を今、与えられたとしても、きっとほとんど同じことを言うと私は思うから」
　けれど希望がない訳ではない、と彼女は付け足した。あのスピーチのリアクションは今でも世界中から届くと言う。環境活動家として活躍する現在も、彼女は環境問題と戦っている。

　世界が今夜終わるなら、どうする。
「私よりも地球のほうが長生きすると信じたい。人生の最後の日に何をするという風に置き換えたら、きっと私は好きなことをして過ごしたいと言うでしょう。家族とサーフィンかな」
　大切なものがわかっていればいい。彼女はそう言った。自然の中で家族と過ごす。結局そのことを考えることが環境のことを考えるきっかけになるのだから。ブレていなければいい。直すことが出来てるなら、壊したっていいんだ。大切なものさえわかっていればいいんだ。僕にはそういう風に聞こえた。

**セヴァン・カリス＝スズキ** Severn Cullis-Suzuki
9歳でECO（子ども環境NGO）を立ち上げ、環境活動に取り組む。12歳の時、ブラジルで開催された「地球サミット」に自分達で旅費を集めて参加。本会議で得た6分間のスピーチは、「伝説のスピーチ」として世界中に紹介され、環境運動の象徴的存在となる。「グローバル500賞」受賞、「地球憲章」起草メンバー就任など、国際的に活躍。世界中から講演・執筆依頼を受ける。2010年、男児出産。2011年、映画『セヴァンの地球のなおし方』に出演。

私はまだ子どもですが、ここにいる私たちみんなが同じ大きな家族の一員であることを知っています。そうです50億以上の人間からなる大家族。
いいえ、じつは3千万種類の生物からなる大家族です。
国境や各国の政府がどんなに私たちを分けへだてようとしても、このことは変えようがありません。
私は子どもですが、みんなががこの大家族の一員であり、ひとつの目標に向けて心をひとつにして行動しなければならないことを知っています。

セヴァン・カリス=スズキのスピーチ（環境サミット／1992年6月）より
『あなたが世界を変える日』（セヴァン・カリス=スズキ著、ナマケモノ倶楽部　編・訳、学陽書房）

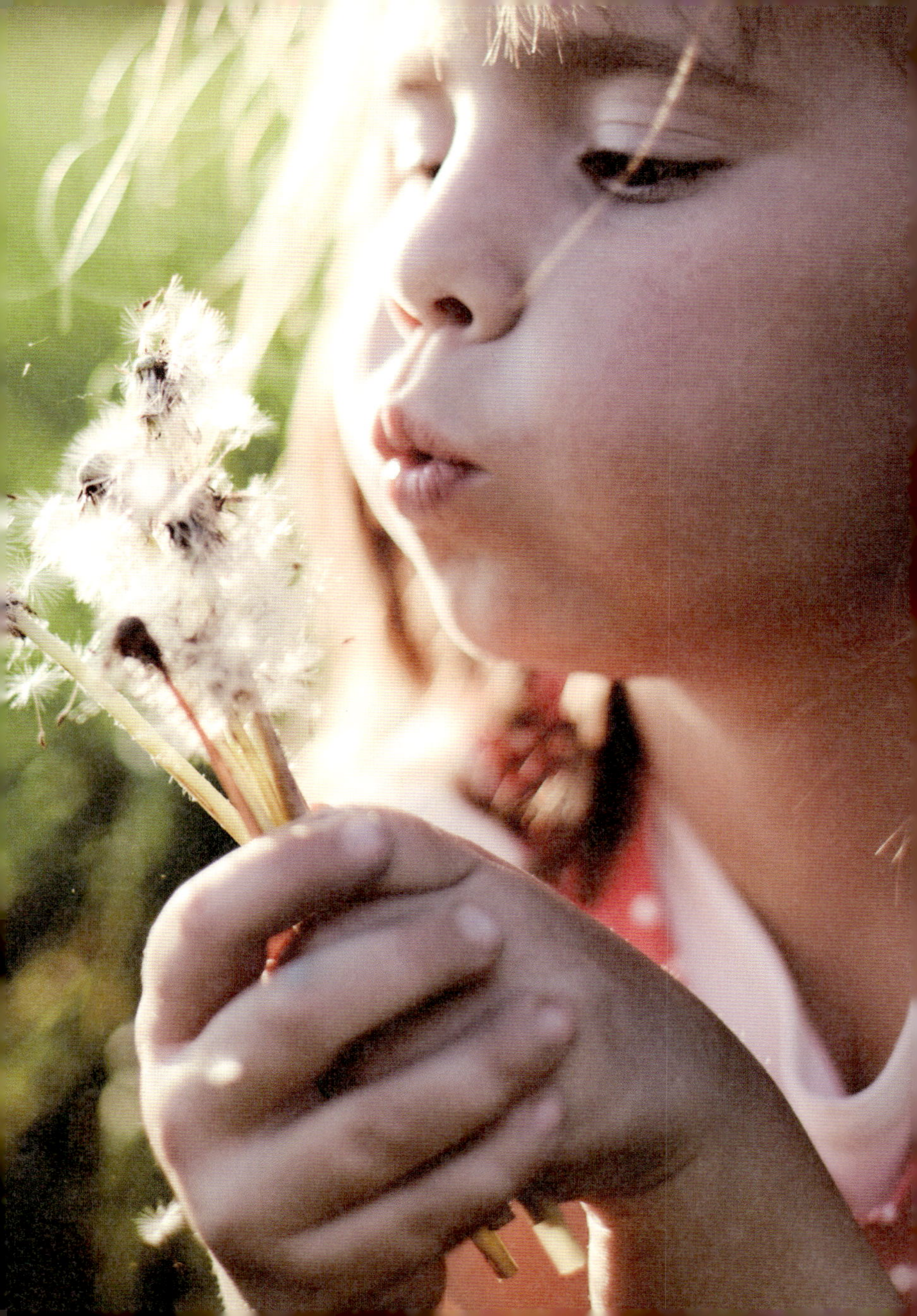

自分を表現し続ける旅人ミュージシャン

# 東田トモヒロ
Tomohiro Higashida

## 東田 トモヒロ  Tomohiro Higashida

　知らない場所へ行く。

　ココロが躍る。人影のまばらな商店街も、小さくて古びた定食屋さんも、そしてあまり天気の良くない日の海辺さえも、なんだか新鮮に見えたりする。

　自分の街にない魅力に触れる。

　人との出逢い。自分の発見。普段歩き慣れた街では気が付かないような小さな出来事も旅先なら違って見えたりする。その街の魅力も、また自分の街の誇れるところも、気付くためには、結局は一歩踏み出して、外に出るしかない。

　だから僕達は旅に出るんだ。

　アンテナを張り巡らせて、目を大きく見開いて、全身で何かを得ようとココロを開く。そうすればきっと見つけることが出来るんだ。今まで知らなかった何かを、自分のモノに出来るんだ。


　今回は旅するミュージシャンの巻。僕の中で理想の音楽家像というものがいくつかあるけれど、そのウチの一つに彼のようなライフスタイルがある。音楽を奏で、人と語らい、飯を食う。海や山で太陽を浴びながら時間を過ごしたら次の街へ。日本を旅しながら、曲をためて、アルバムを。いいよね、そんな生活。

　旅する音楽家、東田トモヒロ。アコースティックギターを奏でながら、歌を唄う歌唄い。現在はキャンピングカーで日本中を回りながら、ライブ活動をしている。最高。

「気に入った大地が寝床で、空が屋根。そんなところがいいんだ」

キャンピングカーの魅力をそう語る彼。楽器を積んで、メンバーとマネージャーと旅を続ける東田。行く先々での出来事は細かくブログを使って報告されてゆく。ライブでの出来事。出逢った人々。癒された山や海でのスナップショット。まるで70年代のサーフトリップをテーマにした、ロードムービーみたい。満員電車の中から携帯電話で、もしくは残業中のオフィスから、その画像を見てしまったら、大量のため息とちょっとした嫉妬心が生まれるかも。忙しい都会生活で忘れられた何かを彼は音楽を通して、僕らに問題提起しているのかもしれない。

「旅をしながら音楽をやることが夢だった。いろんな人に出逢い、その出逢った人達が過ごしてきた興味深い人生をシェアしたい。魅力的な人達と海や山で過ごす時間は奇跡みたいなもので、まるで夢の中にいるみたいな気持ちになる」

既に全都道府県を制覇しているという彼だが、まだまだその欲求はとどまるところを知らないという感じ。

「この夢はさましたくないよね」

そう言いながらギターを弾く。

「ケビン・コスナーの随分前の映画でティンカップというゴルファーのライフスタイルを描いた作品があった。ダラしない男だけれど、生き様がシンプルで飾り気がなくていい。ちょっとアウトローな男。あれがもしかしたらきっかけかも」

そう言いながらキャンピングカーでの生活を教えてくれた。

熊本出身で、現在も家は熊本にある東田。自分を船に例えると、熊本は帰ってくるべき港だ、と言った。慣れ親しんだ自分の街。そこが今

もベースである、と。
「20代で東京に出て行った。だけどその時は自分の居場所を見つけることが出来なかった。そういうことなんだ、と思った。地方から音楽を発信している今の自分のほうが、自然でいい。例えばアメリカだってミュージシャンはNYやカリフォルニアだけじゃないしね。アレスティッド・デベロップメントのSPEECHだって未だにアトランタで音楽をしている。そういうことです。自分の街に住み続けることも、音楽の一つの個性になると思う」

　ただ、やはり家族と離れて過ごす時間が多いというのは悲しいと言った。
「旅に出て2日目ぐらいが一番寂しくなる。寂しくて眠れなくなることも。会いたくて、会いたくて、だから帰った時は本当に嬉しい」

　世界が今夜終わるなら、旅人ミュージシャン、東田トモヒロはどう過ごすんだろう？　最後の夜の過ごし方。僕はそれを聞いた。
「きっと旅先だから、速攻帰る。なんとしても帰る。家族の安否を確認。それがきっと一番最初にすること。そして帰ったら子供と奥さんを抱きしめて、笑う。奥さんのご飯がやっぱり一番好きだからそれを三人で笑って食べるんだ」

**東田 トモヒロ** Tomohiro Higashida
熊本県出身＋在住。自らのライフスタイルを昇華した「歌」のメッセージで、自分を表現し続けるシンガーソングライター。「LIFE MUSIC!」「歌」＝「生活」。それ故、「自然」「音楽」「人との繋がり」を大切に考え、嘘のないシンプルなライフスタイルを実践している。小さなカフェから大型フェスまで、リスナーと同じ空間をシェア出来る「ライブ」を大事に活動中。　http://www.higashidatomohiro.jp

笑い飛ばせ
地図にない道をゆく 僕ら旅人

東田トモヒロ『Stay Gold』

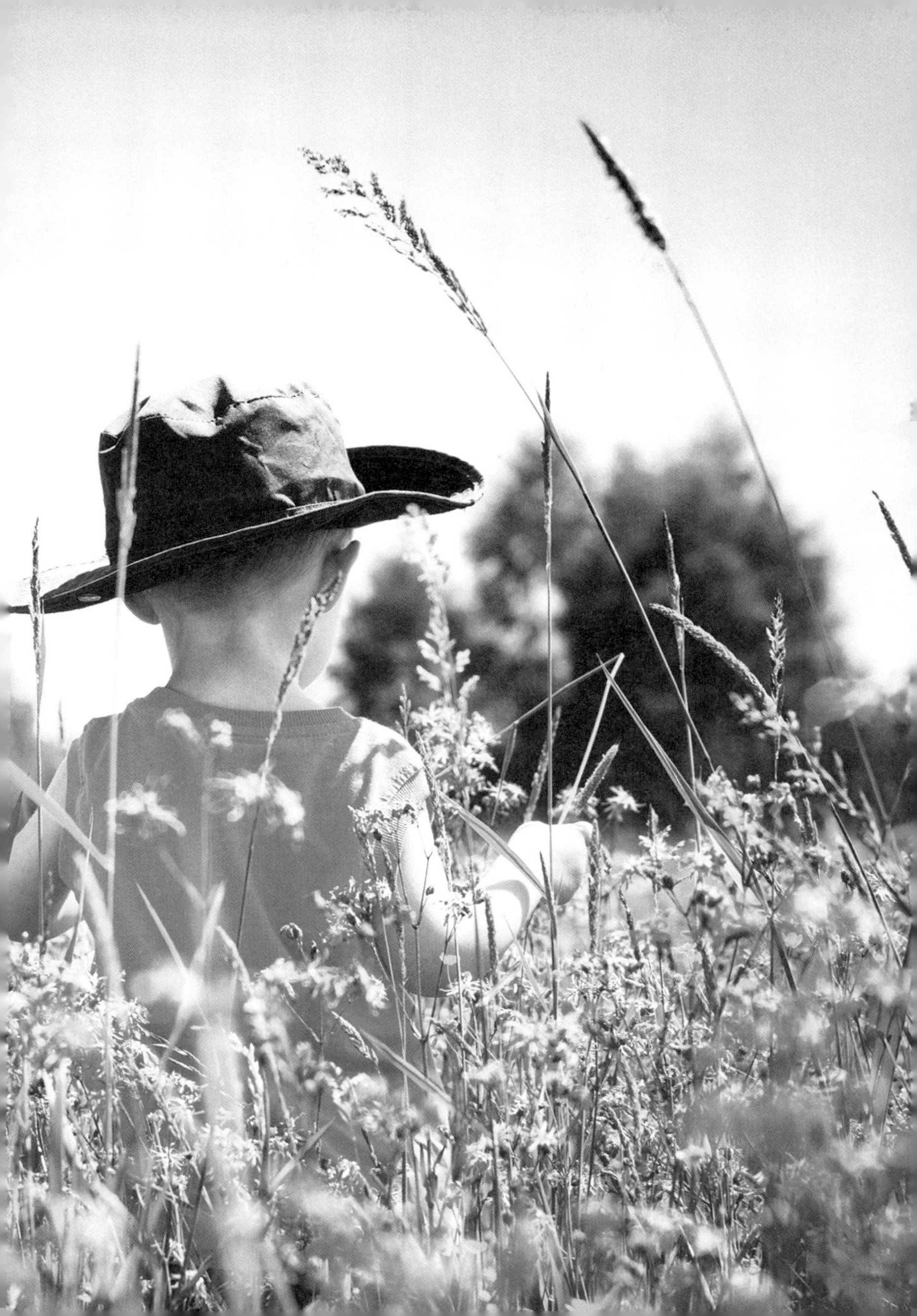

渋谷から日本の未来を見据える
ポップな政治家

# ハセベ ケン
Ken Hasebe

ハセベ ケン　Ken Hasebe

　ざっくり言うと、おそらく日本で一番ポップな政治家。"ポップな"という表現が正しいかどうかわからないが、他の言葉を借りるなら、"らしくない"政治家。従来の政治家像があるとして、きっとその対極。そんな風にイメージしてくれたらいい。そう僕は思う。どちらかっていうと広告マン。まあ、もともとが広告マンなのだから当たり前かもしれないけれど。物事の本質、その良さをわかった上で、その良いところをきちんと人に伝えることが出来る人。伝え方を知っている人。どうすればそうなるか、それを知っている人。ハセベケン。

「政治家なんてかっこ悪いと思っていた。区議会議員の名刺と博報堂の名刺持って合コン行ったら、多分、博報堂の名刺を持っている方がモテると思う」

　こんな表現をのっけから使う。雲行きの怪しい我らの日本。サブプライムローンに端を発した株価の暴落。ガソリンの高騰。終わりの見えない円高。経済格差は広がるばかり。繰り返される首相辞任劇のお陰で、すっかり僕らは驚かなくなったし、期待すらしない感さえある。明るい話題なんて本当になくて、政治家の皆さんは端から見ても大変そうだ。なんでこの人、立候補なんかしたんだろう？
「30歳ぐらいでなんとなく会社を辞めて、博報堂から独立したいと考えていた。もともと政治に興味があった訳ではないけれど、地元の友達に3年ぐらいかけてくどかれてね。生まれた街のプロデューサーになればいい、って。それまで政治家のイメージ、自分の中では全くもって悪かった。よくわからなかったけれど自分の街をプロデュースする、というのなら明

確だと思えた」

　不安はなかったんだろうか。家族がいて独立。なかなか出来ることじゃない。
「コケたら近くのコンビニでもガソリンスタンドでも働ける。理由はわからないけれど、そこで一番になる自信はある。そう思ったら踏み切れた」

　決断し、立候補。蓋を開けてみれば、トップ当選。

　ハセベケンといえばお掃除。ポイ捨てかっこわるいぜムーブメントを東京・表参道から発信する、NPO法人green bird、その代表でもある。
「定期的に街をお掃除しています。本当の目的はゴミのポイ捨てを減らすこと。その一環としての掃除。面白いことに、人は一度街のゴミ拾いに参加するとポイ捨て出来なくなるんですね。そこがポイント。表参道から始まって、今では全国で30チームを超える。表参道、渋谷、新宿、駒沢公園、吉祥寺など。パリにも支部が出来ました」

　各野外フェスやイベントに出向き、会場周辺の掃除をする。東京マラソンでも彼らは無償でゴミを拾った。

　僕自身も吉祥寺、渋谷、そして静岡でゴミ拾いに参加した。ライブで唄う街。そのライブ前に会場周辺のゴミを拾って、街の空気を吸ってみた。残念ながら街にはやっぱりゴミがある。歩道の端に空き缶や読み終わった雑誌や新聞なんかが落ちている。たちが悪いのは、植え込みや街の外観を美しく見せるための街路樹の根元に、タバコの吸い殻やガムが捨てられていること。ココロのどこかで悪いこと知りつつ、人はポイ捨する。
「結局、ポイ捨てする人を減らさない限り、街のゴミは減らない。もともとあった近所の商店街のお掃除会に参加したのがきっかけ。単純に面白かった。道行く人に『おはよう』とか『がんばってね』なんて声をかけ

られるとハッピーになるし、振り向くと掃除をした道は綺麗になってゆく。特に朝は表参道にも人が少なくて気持ちが良かった。これをもっと広める仕組みが出来るんじゃないか。そこがスタート地点。もともと僕は、広告代理店出身なので、後は得意分野。キャンペーンの企画書を書いた。イメージは70年代のラブ&ピース運動。表参道で成功したら世間に広がるでしょ」

　もちろんこの人はゴミを拾っているだけではない。渋谷を良くするために、日々趣向をこらしている。公園の改修作業もその一つ。企業と地元と行政の間にパイプを通し、子供達がより自由に遊べる街を作っている。子供が好きで、街が好きで、楽しいことが好きで、アイディアマン。この人に任せておけば渋谷の未来は、きっと明るい。

　最後に質問。世界が今夜終わるなら、どうする？
「笑って最後は過ごしたい。山の頂上にでも登ってみたりするのかな」
　最後に選ぶ山はどこだろう？　それがどこだとしても、ついついゴミは拾ってしまうんだ、この人は。

ハセベ ケン　Ken Hasebe
渋谷区議会議員／NPO法人green bird代表。1972年3月東京都渋谷区神宮前生まれ。専修大学商学部卒業。2002年に広告代理店(株)博報堂を退社。その後、ゴミ問題に関するNPO法人green birdを2003年1月に設立。原宿・表参道を中心にゴミのポイ捨てに関するプロモーション活動を開始する。2003年4月に渋谷区議に当選。現在、渋谷区議会議員・無所属。　http://www.hasebeken.net/

完璧にやることだけが正解ではないんです

ミスを恐れてこじんまりすることなんかないんです

適度に適当に

明日は明日の風がふくんです

自由にゆけばいい

確かなことなんてないんです　そう

リラックス　　リラックス　　リラックス

GAKU-MC『リラックスリラックス』

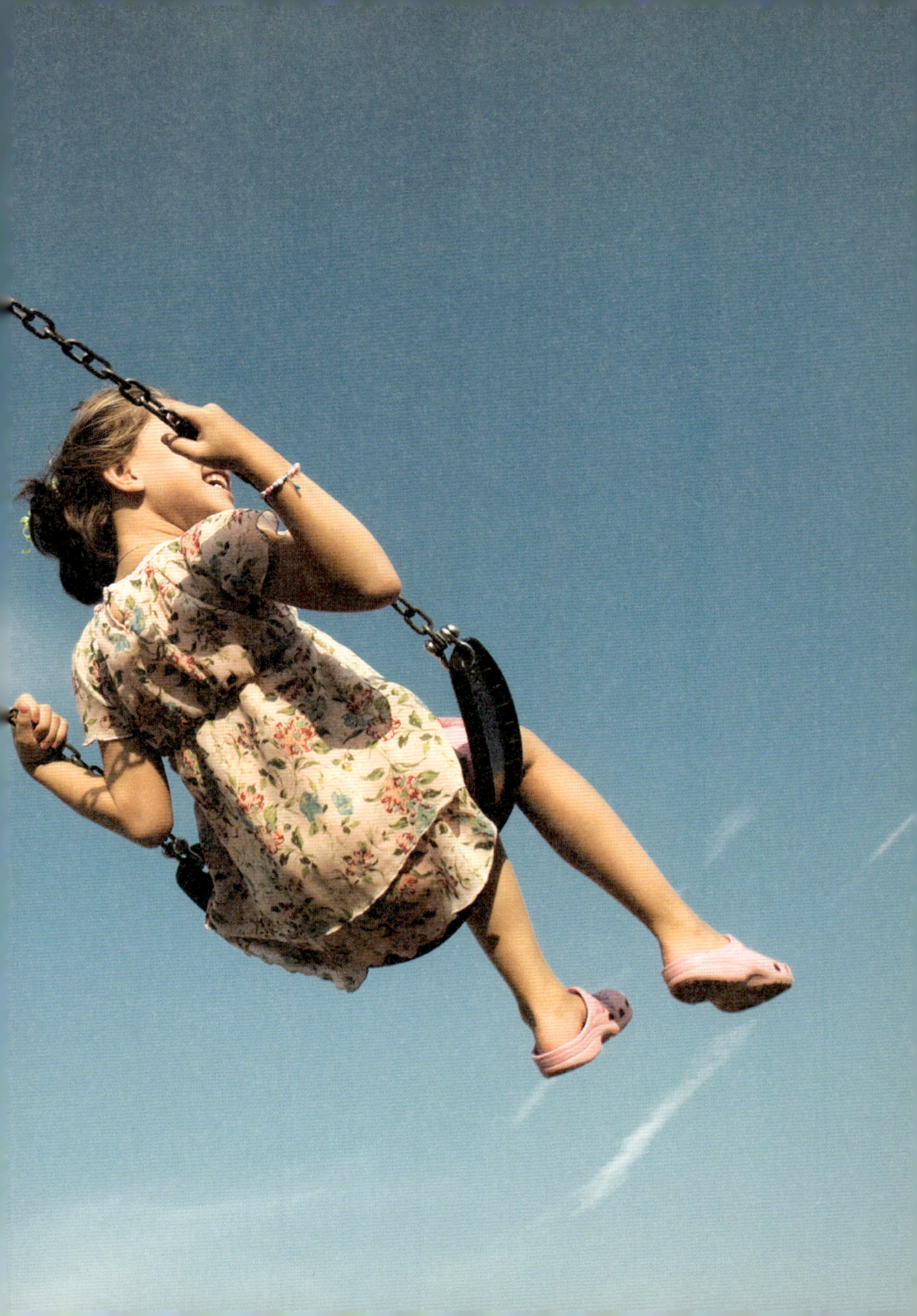

変革を続ける Acoustic Lover

My Little Lover
# akko
akko

akko

「ギターが楽しい」
　そう言うakko。
「ああ、ギターは楽しい」
　そう言う僕。クラシックを志した鍵盤弾きのakkoとマイク勝負のラッパーがギターについて談議。ちょっと面白い。
　15周年。
　My Little Loverの顔として、15年、歌を唄ってきたakko。記念となるこの年はCDが出て、DVDが出て、そしてなによりツアーがあってと精力的。とどまるところを知らない。

「やっぱりライブよねえ」
　ライブが大切だとakkoは言う。15年の時間の中で成長し続けることが出来たのもライブのお陰。
「よくわからないまま始まった。それが少しずつわかるようになってきた。わからないなりに学んできた。今やっとそう思える。人はずうっと成長してゆけるの」
　ここ3、4年。想い描いていたライブスタイルが出来ている、と言う。バンド編成のMy Little Lover。迫力のある音と、往年のヒット曲。最新のアップデートされた音源達のエンターテインメント。楽しい時間はあっという間に過ぎてゆく。

　そしてもう一つの"acoakko"と名付けられたアコースティック・スタイル。鍵盤とギター。そしてakko。極めてシンプルな構成で見せる2時間は

緊張感とレイドバックしたユルさが共存する極上の時間。
「バンドももちろん楽しいけれど、三人でやるアコースティックなライブもスキ。自分の声の質も、合っていると思う」
　ライブが楽しくなってきた。バンドのアンサンブルとオーディエンスとのハーモニー。そんな中、激しく興味が湧いてきたのがギターだった。
「ギタリストとグループを組んでいたわりには、あんまり興味がなかった。テレビの企画からのスタートだったギターだけれど、ライブの楽しさを知って、いろいろなことに挑戦したい気分だったのね。今からでも上手くなれると、周りのギタリストに乗せられて、そうやって始めた」

　ギターを手に取ってわかったことが沢山ある、とakkoは言う。弾き語りの楽しさ。根本的な音楽の楽しさ。一番の恩恵は、ギターを始めることによって、より鍵盤と向き合うことが出来るようになったこと。
「ギターのお陰で全てがリンクしたの。ピアノはクラシックを弾くもので、自分がやっているポップスとは何故か繋がっていなかった。ギターを奏でて、自分で唄って、そうすると鍵盤の意味が見えてきた。繋がった。最近の作詩、作曲はギターですることもある。鍵盤の力も最後には借りるけれど、ギターで創り出すのは本当に面白い」

　今後の目標は？
「60歳になったら、ギター弾き語りでライブをやりたい。そういう目標を持っていると、先へゆけるでしょ?!」
　もっと早くに始めていたらなあ、とも言っていたが、いやいや何事にも遅いことはないでしょう、とも言っていた。60歳の記念ライブ、どんなショーになるのか、楽しみ。

二人の子供の母親でもあるakko。子供と対話していること、それが重要という。人生観を変えてくれたり、衝撃を日々くれる。そんな生活が歌詞に跳ね返ってくる。教わることが本当に多い、と。
「子供っていつも本当に楽しそう。いろんなことにいちいち感動出来て。どんな時にも笑顔で。大人になってゆくと、どうして人はだんだんと笑顔が減るんだろう。学校が始まって、大人の事情が介入してくると少しずつそんな感情が減ってゆくのかな。それを守るのも私の仕事」

　世界が今夜終わるなら。
「最後はやっぱり大切な子供達と、そして仲間や友達と、美味しい料理を食べて過ごしたい。屋久島、葉山、高尾山。行ける場所で気持ちのいいところならどこでも。好きな場所でシャンパンなんか飲みながら、ハッピーに。悲しく終わるというよりも、盛り上がったままサヨウナラ。そんなのがいいんじゃない」
　だとすればシャンパンよりテキーラですね。ラッパーとボーカリストの終末の過ごし方。ギターを持って、テキーラ飲んで。ハッピーに。うん、いいな。

### akko My Little Lover
1995年にシングル『Man & Woman』でデビュー。3rdシングル『Hello, Again ～昔からある場所～』、1stアルバム『evergreen』がミリオンセールスを記録し、以後、数々のヒット曲を発表してきた。2006年よりakkoのソロプロジェクトとして始動。その後も数々のイベントやフェスに出演するなど精力的に活動を続けている。今年10月にはNew Single『ひこうき雲』をリリース。　**http://www.mylittlelover.jp/**

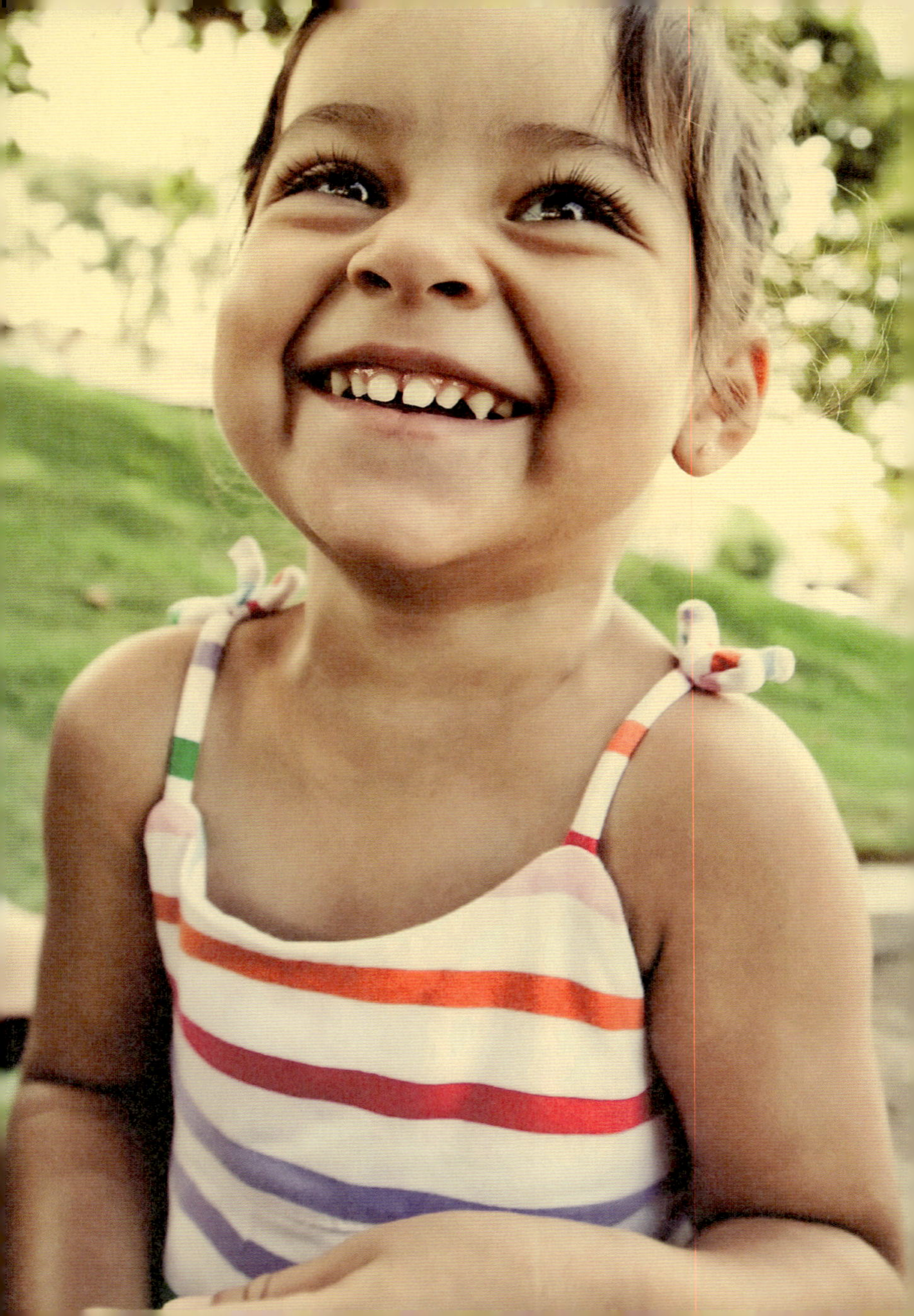

いつだって誰だって 笑い飛ばして過ごせたら
怖いもんなんてなくなるって ほら

My Little Lover「インスピレーション」

今この瞬間を丁寧に生きるお坊さん

# 松本 圭介
Keisuke Matsumoto

松本 圭介 Keisuke Matsumoto

　僕が二十代を終えようとする最後の年。父が他界した。
　その日は突然やってきた。前触れなんて一切ナシ。
「今、病院にいて、昨日までは元気だったんだけど、朝、頭が痛いって言って、それでもう動かなくなっちゃって、救急車呼んだの、どうしよう、どうしよう」
　実家からの電話。泣きながら母はそれをやっとのことで僕に伝えた。クモ膜下出血。脳卒中の一種で、クモ膜と軟膜の間に出血が生じ、脳脊髄液中に血液が混入した状態。それが健康そのものだった父の死因。それからの数日はよく憶えてない。それはそれは悲しくて、辛い時間だった。病院での各種手続き、親戚への連絡、そして葬儀の準備。悲しみに浸る間もなく、やるべきことが押し寄せた。打ちひしがれる家族と疲れきった僕を救ったのは、葬儀を取り仕切ってくれた僧侶。彼の言葉を聞いて、絶望の淵にいた僕ら家族は、しかしながらなんとか前を向こうと気持ちを一つにすることが出来た。
　それが、僕がお坊さんに興味を持つきっかけとなった出来事。普段接する機会のなかった彼らの言葉。もっと早くから、彼らの言葉に耳を傾けておけば良かった。本当にそう思った。

「葬式仏教と言われて久しいですが、葬儀は重要。一番身近な人を亡くすショック。それをどう受け止めて自分の中で消化して、明日からの一歩を踏み出すか。残された方々のより良い人生に、どう私達が貢献出来るか。重要な仕事だと考えている」
　そう言った人、松本圭介。インターネットを駆使し、僧侶の世界に新しい風を吹き込んだ東京大学文学部哲学科出身のお坊さん。お寺の

境内を開放し、カフェのような雰囲気の癒し空間としてオープンさせた。宗派を超えた僧侶や仏教徒によるブログや仏教ニュースを展開するインターネット寺院"彼岸寺"を立ち上げ話題に。遂には自らが執事を務めるお寺の本堂での音楽イベント開催。"誰そ彼"は海外のアーティストも出演する長寿Liveイベントとなり、もう8年も続いている。

「そもそもお寺が好きだった。哲学科に進んだのも、仏教を含めた思想哲学、宗教に興味があった。突き詰めて言うと、どう生きるか。何を自分の芯として生きるか。それに興味があった」

いつかはお坊さんになるんだろうなあ。そう想像していた彼。自らが僧侶を志したきっかけはこう。

「最初、就職は就職できっと普通にするのだろう、と。でもなぜか、いろいろ想像を膨らませているといつも行き着くのは、広告代理店で働いて、お寺の広報活動なんか出来たら素敵だなあ、とかお寺のことばかり。そこまで思っていたのなら、お坊さんになったほうが早い。ということで今のお寺の門を叩いた」

そしてもう一つの理由。

「仏教は素晴らしい。コンテンツとしての重要さ、面白さ。それに惹かれた。日本に生まれた自分が一生をかけて取り組むべきコンテンツだと思った。長い歴史を経て、磨き上げられてきた仏教。人の生き方にダイレクトに影響してくるものだから」

会社を選んで就職する。数年間?! 数十年間?! 一生懸命働いたら将来はきっとこんな感じだろうか?! 先が予想出来る人生って、なんだか面白くない。見えているのだったらいいや。仕事するならワクワクした仕事を。ワクワク。それが松本圭介にとってはお坊さんだった、ということ。

「これからやりたいことは一対一の関係を人と築く、ということ。ライフコーチングとも言える。人創り。何があってもおかしくない世界に私達はいる。この世界が今夜終わるかも、という気持ちを常に心に持って、毎日を丁寧に重ねていくしかない。実は、今この瞬間の行いというのは、将来に繋がるだけでなく、今この瞬間の私自身が輝くためにこそある。何を持っているとか、何を成し遂げたとか。そういうものによって得られる人生の充足感はたかが知れているし、持続力もない。そうじゃなくて今、この瞬間を生きる。生ききる。成功とは手に入れられるものではなく、自分のやるべきことを丁寧に重ねながら、どれだけ心を自由に解き放つかだと思います」

今やっていることをより丁寧に。それが彼からのメッセージ。仕事も、遊びも、そして人間関係も。ある日突然大切な誰かと会えなくなる可能性を、僕らは常に持っている。失うことでしか気付けないことで世界は今日も溢れている。

松本圭介の言葉を父が他界する前に自分のものとしていたなら、また少し違う時間を過ごせたかもしれないなあ、と振り返って今思う。

今を生ききる。果たして僕は今を生ききれているのだろうか。あなたは生ききれているのだろうか。答えはきっとその胸の中にある。

**松本 圭介** Keisuke Matsumoto
1979年北海道生まれ。浄土真宗本願寺派僧侶、布教使。東京・神谷町光明寺所属。東京大学文学部哲学科卒業。光明寺でお寺の音楽会「誰そ彼」やお寺カフェ「神谷町オープンテラス」を企画。2010年に南インドのハイデラバードにある Indian School of Business に留学し、MBAを取得し帰国。著書に『おぼうさん、はじめました。』『お坊さん革命』など。　http://www.higan.net/

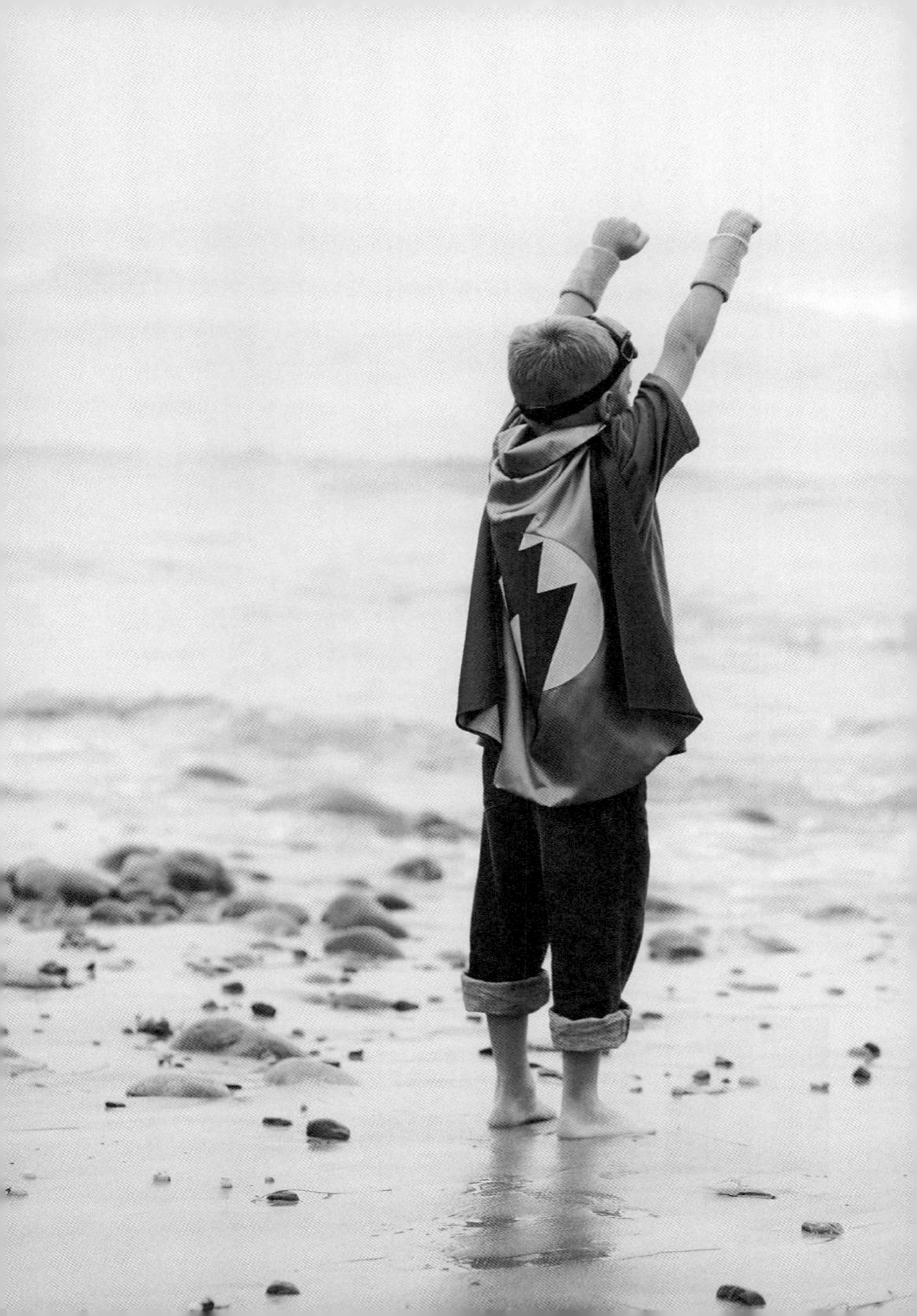

明日を変えるのは 君のたった今
未来を変えるのは 君のたった今

GAKU-MC『昨日のNO, 明日のYES』

思ったら即行動の熱きドクター

# 川原 尚行
Naoyuki Kawahara

川原　尚行　Naoyuki Kawahara

　インタビューを予定していたのは2011年3月12日。つまりその前日に僕達は体験した。東日本大震災。3月11日、14時46分。その日、東京都内の事務所にいた僕は揺れが収まると、とりあえず自転車に乗って、娘の通う保育園へと向かった。道路は渋滞。交通機関はストップ。たまたま自転車だったことが功を奏した。力を振り絞って無我夢中で駆けつけた。いつもより早いお迎えに、意味もわからず娘は喜んでいたけれど、僕は不安でしょうがなかった。妻は大丈夫だろうか。親は大丈夫だろうか。震源地に近い街はどうなっているのだろう。自宅に帰ってみるとテレビのニュースは炎上するどこかのコンビナートをひっきりなしに映している。とりあえずその日は家で待機。翌日のインタビューは中止となった。

　予定していた対談相手は川原尚行。医者。外務省所属の医務官という立場を捨てて、家族を日本に残し、単身で貧困に喘ぐスーダンに渡り、医療活動を始めた熱きドクター。医師としてそういった活動を始めた理由、命をダイレクトに扱う人の最後の夜の過ごし方を是非聞いてみたい。そんな理由からオファーをした。しかしながら、インタビューは流れ、再びアポイントがとれたのは震災から約5ヶ月後。
「震災翌日から被災地へ入った。大きな病院の院長に電話をし、救急車を借りた。防寒具を買い、薬を手配して、東北へ入った。救急車で寝泊まりをしながら、被災地を駆け回った。被災者達の話をとにかく聞いて、不眠不休の治療にあたった。飛び込んだ寺にお願いし、そこを拠点として生活を始めた」
　いてもたってもいられなかった、と川原尚行は言った。やらなくてはいけないことが山ほどあり、人手がとにかく足りなかった、と。

「医療行為だけでなく、炊き出し、瓦礫撤去も精力的に行った。ボランティアを集め、とにかく街のために奔走した。余震が落ち着き、復興が始まると、住人達から相談を持ちかけられるようになった。体調のことから生活の不安、将来についてまで。住民側の意見をまとめ、行政と繋ぐパイプの役割もこなしたよ」

　川原尚行を知ったのはあるテレビ番組で。外務省時代に赴任したスーダン。民族同士の争い、設備不足、貧困。加えてテロ支援国家と定められ日本からの援助も途絶えた国で見た世界。医療を必要とする人々を前に、一人帰国が出来なかった、と彼はその番組の中で言っていた。そこを放っておく訳にはいかない、と。日本で使われなくなった救急車を自ら集め、スーダンに持ち込んだ。NPOを立ち上げ、現地に診療所を整備し、とにかく医師不足の村を丁寧に足で回った。それまでの年収はゼロになった。当時は、自分が出た高校や大学のOB達からの寄付だけで、なんとか成り立っていたという。
「価値観の問題。私のことを『すごいですね』という人はお金にとらわれているのです。なければないでなんとかなる。子供になかなか逢えないのだけは涙が出てきますが」
　小さなことが喜びとなる。川原はそう続けた。
「貧しさの中に光が見える。小さなことが喜びになる。ちょっとしたご飯でも、夜に外に出て皆で食べる。そんなちっぽけだと思えることでも喜びを得ることが出来る。そこには何かがあるのでしょう」
　なんでもあるニッポン。スイッチを押せばつく明かり。蛇口をひねれば飲める水。コンビニは24時間開いていて、テレビをつければエンターテインメント番組が、あっという間に僕らを笑わせてくれる。

「なんでもある。だけど何かがない。だからちょっとしたことが不満となる。大事な何かを我々はなくしている」

　僕らの大切なもの、それは一体なんだろう。あなたの大切なもの、それは何？

「とにかく気が付いたら動いていた」

　スーダンでの活動も、そして被災地での活動も。困っている人を前に、動かずにはいられない人。川原尚行とはそういう人だ。

「震災直後から走り続けた。沢山の人達を医者として見てきた。桜の頃に、その人達と花見をしたよ。東北のいいお酒を沢山買って、被災した街で出逢った人達と桜の下で大宴会をした。そして瓦礫に桜の苗を植えたんだ。80の老人が、それを見て言った。もう死んでもいいと思ったけれど、その花が咲く、20年後まで生きてみたい、とそう言った。だから最後の夜は、そこでお酒を飲みたい。みんなと一緒にその花の下で飲みたい。世界が今夜終わるなら、という質問の答えとしては少し違うかもしれないけれど」

　恒例の質問に、川原尚行はそう答え、そして続けた。

「それまでお酒を断つんだ」

　僕の耳が確かなら、別れ際にそう言った。20年間、大好きなお酒を断つ。僕にそれが出来るだろうか。あなたにそれが出来るだろうか。川原尚行はそれをやろうとしている。やはり熱きドクターだ。

**川原 尚行** Naoyuki Kawahara
外科医、NPO法人ロシナンテス理事長。1965年生まれ。福岡県北九州市出身。小倉高校ラグビー部主将を経て、九州大学医学部へ。1998年九州大学大学院修了後、外務省入省。タンザニア、英国在任を経て2002年在スーダン日本大使館へ医務官（兼一等書記官）として赴任。種々の想いを抱いて、2005年1月外務省を退職。同年4月よりスーダンにて医療活動を開始。　http://www.rocinantes.org/

なんのために 生まれて
なにをして 生きるのか
こたえられないなんて
そんなのは いやだ！
今を生きる ことで
熱い こころ 燃える
だから 君は いくんだ
ほほえんで

『アンパンマンのマーチ』

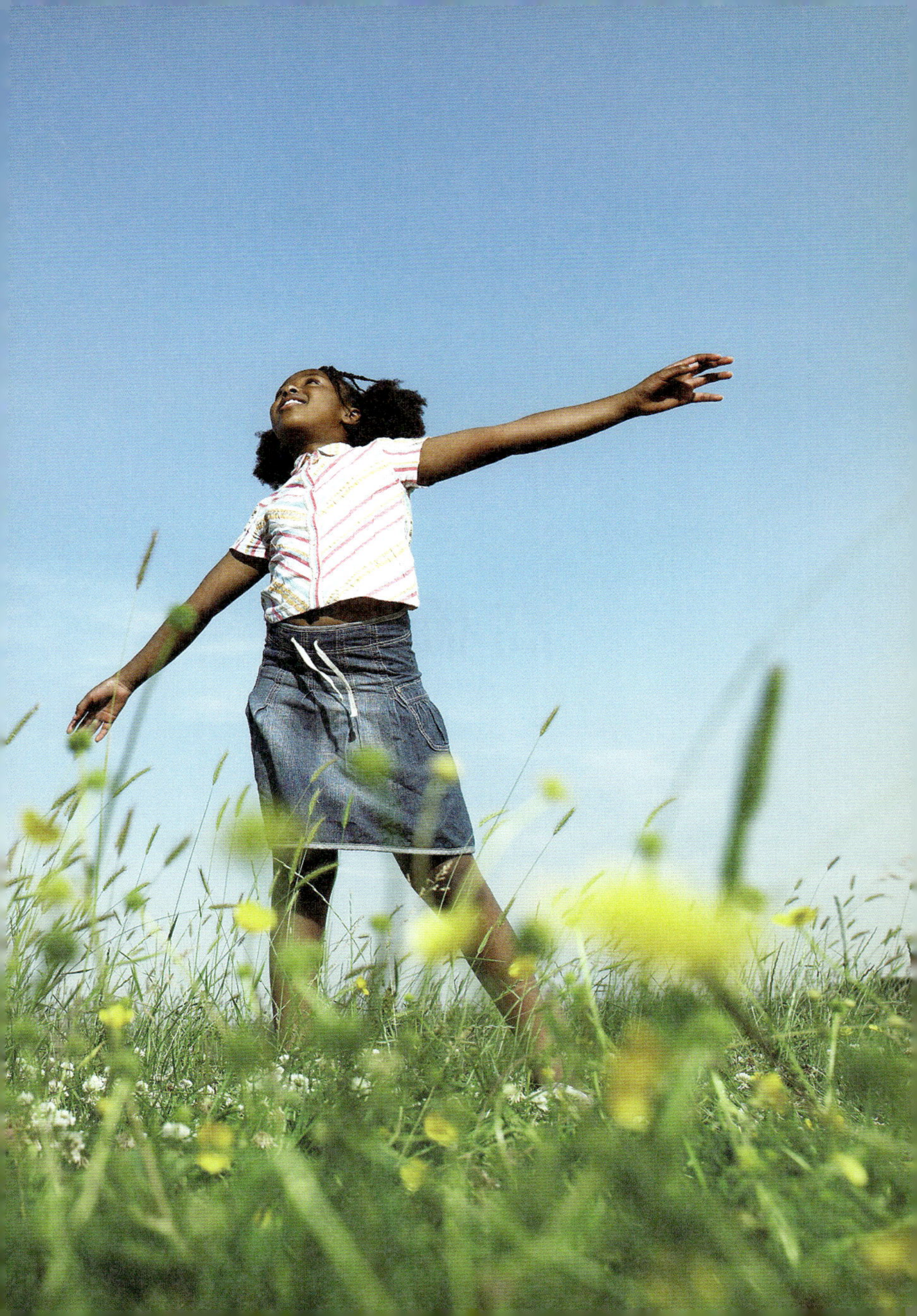

夢と冒険に生きる自由人

# 高橋 歩
Ayumu Takahashi

高橋 歩　Ayumu Takahashi

「俺が一人で死ぬ訳じゃなくて、全員が一緒に、世界がせえので終わるという前提で」

　そう仮定して話を始めた。高橋歩。作家で旅人。経営者で自由人。そして父親。ベストセラーを記録した自伝『毎日が冒険』をはじめとする著書は、累計170万部を超える。作品をドロップし続ける傍ら、カフェやレストラン、ゲストハウスを立ち上げ、ジャマイカやインドに、子供達が無料で通える学校を作ったりもしている。しかも、旅をしながら。生み出す言葉、その生き方に若者は焦がれ、大人は感嘆する。

「特殊能力なんかなく、夢も見つからず、ただなんとなく大学にいた。サラリーマンになるのは違う。それだけはいつも思っていた。ブルーハーツ聴きながら、飲み会でそんなことばかり話していた。何になりたいの?と聞かれたって、それがわかんねえんだ、と。そう言うしかなかった」

　人の役に立ちたいとか、ビッグになりたいとか。具体的な目的も構想もなく、ぼんやりとした夢。どこにでもいそうな青年の人生を変えたのは一本の映画だった。
「『カクテル』。トム・クルーズが演じるバーテンダー。あれを観た時にこれだと思った」

　自分の店を仲間と持ちたい。20歳で大学を中退し、借金だらけで高橋歩はアメリカンバーを始めた。
「やめさえしなければ、夢なんていつか叶うでしょ」

　言葉に力を与えるのはその言葉を発した人の行動。店を成功させ、借りたお金を返し、2年で4店舗まで成長させた。

一度手に入れた成功を、しかし高橋歩はあっさりと手放す。投資家達の甘い誘いを何度も断り、軌道に乗った店を仲間に譲り、全てをゼロにして、そして本の世界へ。23歳。自伝を出すために、経験もコネもないまま出版社を立ち上げた。原点。この経験が今の根幹にあると彼は言う。
「うまくいったら、全てを捨てて新しい気持ちで次へ。そう思うようになった」
　出版社を立ち上げ、一時はつまずいたものの、ヒットを飛ばし、軌道に乗せた。その会社をまた手放す。26歳。結婚し、妻と二人で世界へと旅に出た。
「好きなことを100％やった上で、サヤカを食わせていく自信はそれで出来た。何をやっても大丈夫。今はその延長線上にある」
　自身の著書にも度々登場する妻のサヤカ。そして海と空という二人の子供が家族に加わり、ストーリーは続いてゆく。2008年11月、妻と旅に出発した日から、ちょうど10年後、今度は家族四人で世界一周へと旅立った。2011年現在も彼らはまだ旅の途中だ。地球を遊ぶ高橋歩とその家族。

　どんな終わり方を選ぶのか。どんな回答が来るのか。世界最後の夜の話。楽しみでしょうがなかった。
「みんなで気持ちをシェア出来るような、そんな会を開きたい。車座に座って、サヤカと海と空と兄弟と親と。そして大切な仲間と。お酒を飲みながら。司会は俺がやろうかな。人生で一番の想い出を一人一つずつ話してゆくのはどうだろう。一つだけ変えられるなら、やり直せるならどうする。そんなテーマもいいかな。お互いのバイブスを受け取って、気持ちが影響し合って、どんどん本音が出てくると思う。そこまで言うか、みたいな。修学旅行の夜、誰もが好きな子を隠していて、でも一人が言い出したら、次々と告白してゆくみたいなあの空気。それの人生最後版

だからきっとミラクルな会になるよ。楽しい時間をありがとう。いろいろなことがあったけれど、間違えたことも含めて意味があって、いい人生だったね、なんて話しながら。凄くいい空気が流れるという確信はある。最後はおつかれーなんて言って、がん泣きして、そしてボン！」

　想像してみる。その席に自分がいるとする。人生で一番の想い出ってなんだろう、と。過ちを一つだけ取り消せるとしたならば、それはどれだろう、と。一緒にいたい人は誰だろう、と。修学旅行の夜や、卒業式のあの空気。きっとその何倍ものインパクトでやってくるであろう、その瞬間。その時あなたは何を喋るのだろう。僕は何を想うのだろう。濃縮した、密度の濃い凄い時間になるんだろうなあ。そんな予感が僕もする。
「絶対にいい夜になるよ。雨だろうが、風だろうが、それだけは間違いない。最後の最後。こんな話をしていたら、なんだかその夜を過ごしたい気分になってきた。世界が終わる最後の夜をね」

　ふと思った。『カクテル』という映画がきっかけでバーを始めた高橋歩とその人生。最後はやっぱり好きなお酒と仲間でしめるんだ。
「本当は『トップガン』を借りに行ったんだ、あの時。貸し出し中で、しかたなく『カクテル』。トム・クルーズに感謝だね」
　最後の最後でそんなこと言われたら、涙流しながら笑っちゃうよ。

**高橋 歩** Ayumu Takahashi
1972年東京生まれ。カフェバー経営、出版社経営、世界一周、自給自足ビレッジ主宰など、様々な分野で活動する自由人。現在は、家族4人で無期限の世界一周旅行をしながら、世界中の気に入った場所で、仲間と一緒に、出版社、レストランバー、ゲストハウス、学校などを経営している。
著作に『LOVE&FREE』『人生の地図』『FREEDOM』など多数。
http://www.ayumu.ch/

一生がアートだ。
死ぬときに、「自分という作品」に感動したいだけ。

高橋歩『FREEDOM』(A-Works)

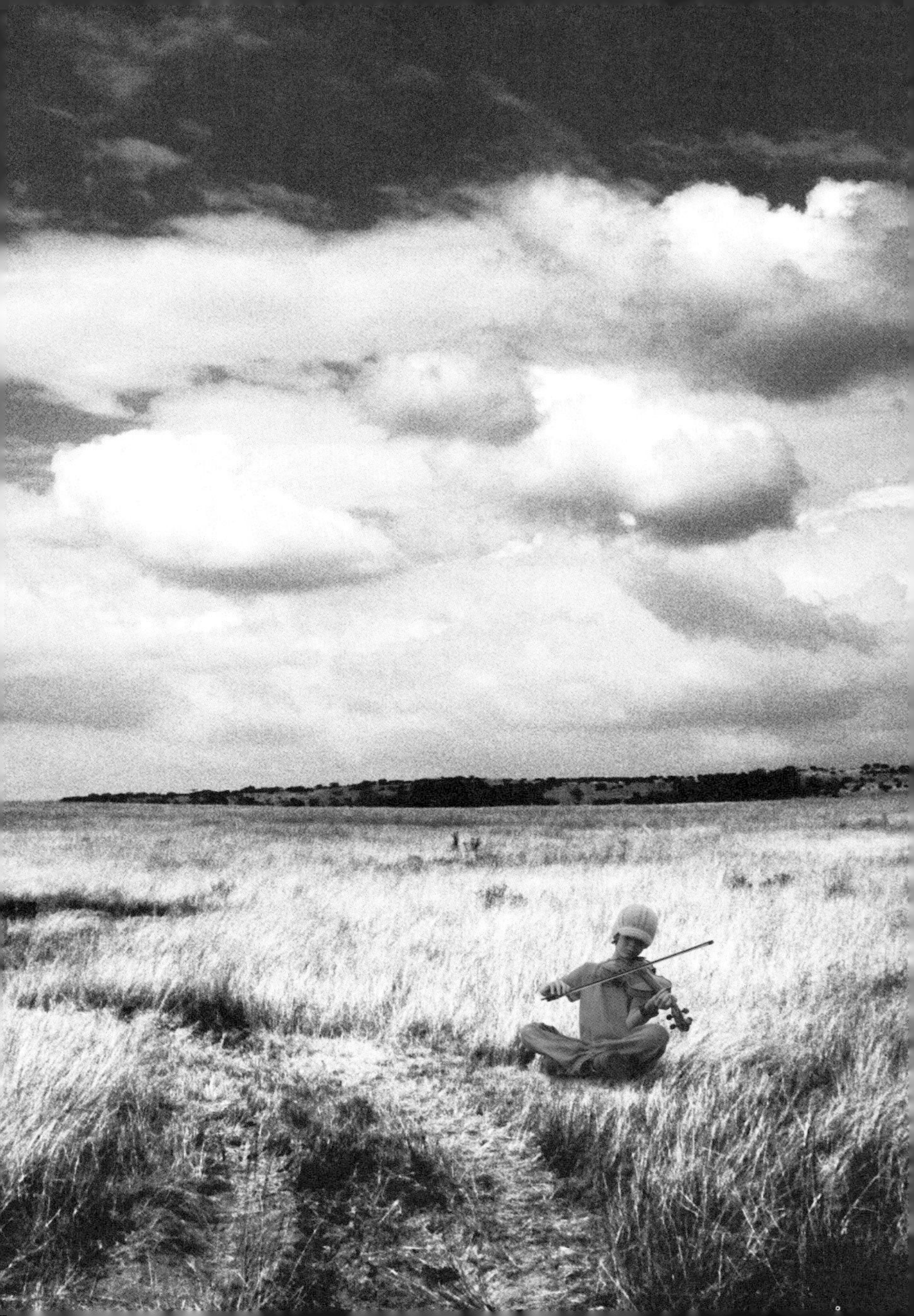

誉れ高き　世界のなでしこ

# 澤　穂希
Homare Sawa

## 澤　穂希　Homare Sawa

　音楽を生業としている僕だけど、もともとそう思って生きて来た訳じゃない。数々の挫折を経て、流れ流れて気が付けばここにたどり着いた、という感じ。音楽だけで食べられなかったこともももちろんあるし、創った曲が思うように売れず、窮地に立たされたことなんて数知れず。良い時ももちろんあったけれど、そうじゃない時期だって沢山あった。趣味だったものが仕事になると、それで息抜きすることも出来なくなるから、とにかくこの20年、僕はそれに明け暮れた。

　草サッカー。

　頭の中が真っ白になるまでボールを追っかける。くたくたになって動けなくなるまで走り続ける。シャワーを浴びて帰宅すれば、もうぐっすり。翌日、目が覚めたら、また新鮮な気持ちで音楽と向き合える。もっと音楽が好きになる。そんな生活を、もうずっと続けている。今日はその草サッカー仲間のお話。

　澤穂希。説明不要のなでしこジャパン、司令塔。世界で今一番評価されているフットボーラー。ワールドカップ優勝。得点王。そしてMVP。国民栄誉賞まで手に入れた彼女だけれど、注目されるようになった今、実際にはどんな感じなんだろう。
「昔の女子サッカーを知っている人は、こんななでしこフィーバーになるなんて、誰も想像していなかった。テレビで取り上げられることも、ほとんどなかったから」

　時はなでしこフィーバー。2011 FIFA Woman's World Cup。勝利を重ねる度に注目度は増した。それもそうだ。離されても、離されても追

いつく彼女達の戦いぶりは、見ている者達の胸を熱くした。もう随分たくさんの試合を、時にテレビで、時にスタジアムで観てきたけれど、アメリカとの決勝戦は、今まで観た試合の中でぶっちぎりの1位。サッカーの試合で泣けることなんて、そうそうない。

「まさかW杯優勝なんて、誰が想像出来たでしょう。おまけに得点王に、MVPも。自分でもびっくりしていますが、サッカー選手としては嬉しい限りです。でもこれも本当に監督やスタッフ、チームメイト。今まで関わってきてくれた全ての人のお陰。感謝しています」

　多くのメディアで語られている通り、本人の言葉を借りるまでもなく、女子サッカーを取り巻く環境は、お世辞にも良いとは言えなかった。練習場の確保も大変。アルバイトをしながら生計をたてなくてはならない選手がほとんど。注目度も低いから、観客動員も当然少ない。プロ契約があった選手も、リーグの経営不振のあおりを食らって、アマチュアへ逆戻りしなくてはならない時期もあった。それがこの優勝で、劇的に変化した。試合運びと同じで、諦めなければ必ず道は開ける。彼女達の成功は、まさに僕らが忘れかけていたサクセスストーリー。ドラマ以上にドラマチックな物語で、僕らに感動を与えてくれた。"夢は見るものではなく、叶えるもの"。これが彼女の口癖。

「やっぱり、まずはどんな夢でも目標でもいいから、持つこと。そしてそれを叶えるまでには、日頃からの練習。日頃からの積み重ね。努力を怠らないこと。簡単に得られるものなんてないし、いろいろ経験して悔しい想いをするのも絶対必要なこと。大きな壁にぶつかっても、そこから逃げないこと。かな」

怪我をして試合に出られなかった頃の彼女を知っている。キツいリハビリを、一人グラウンドの端でやっているのを、隣のグラウンドから見ていたこともある。諦めなければ夢は叶う。叶えた人の言葉にはやっぱり力があるんだ。でもこれから、どんな未来を描いていくんだろう。もう全て手に入れちゃったんじゃないのか。
「やっぱりオリンピックのメダル。もちろん金メダルが目標ね。あとは、いつか女子のワールドカップを日本で開催出来る日が来たらいいね」
　いいね。その時には、彼女に憧れてサッカーを始めた次世代のなでしこ達が活躍するに違いない。

「世界が今夜終わるとしたら、出逢った人達に感謝の言葉を伝えたい。ありがとう、って。こうやって自分がいられるのもみんなのお陰だから。最後の日は、大好きなサッカーをして、仲間と友達と家族と一緒にご飯を食べて、ずっと話をしていたい」
　やっぱり最後は唄っていたい。僕もそう思う。大好きな音楽をステージで奏で、仲間や家族と過ごしたい。でももしそのタイミングで、いつもみたいに澤穂希から誘われたら、サッカー一緒にしちゃうかも。

**澤　穂希** Homare Sawa
1978年生まれ、東京都府中市出身。女子サッカー日本代表（なでしこジャパン）を牽引するエース。12歳で女子のトップチームであるベレーザでデビューし、15歳で日本代表として世界のピッチに立った。アトランタ、シドニーとオリンピックを二度経験し、2011年、FIFA女子ワールドカップではキャプテンとして出場。W杯優勝に大きく貢献し、得点王とMVPの二冠を達成した。

偶然を偶然で終わらせないで

そうさ　必然に変えるのさ

起きてる間や、いや寝ている合間もつかってさ

考えてみるのさ

百通りの方法を千通りの想像を

行動してみるのさ

流れ星は微笑むんだ

準備が出来てる人にだけ


流れ星をみたら三回

願いを唱えるといい

それが出来たならば絶対

夢は　叶う


流れ星をみたら三回

願いを唱えるといい

それが無理なうちは絶対

夢は 叶わない

GAKU-MC『夢の叶え方』

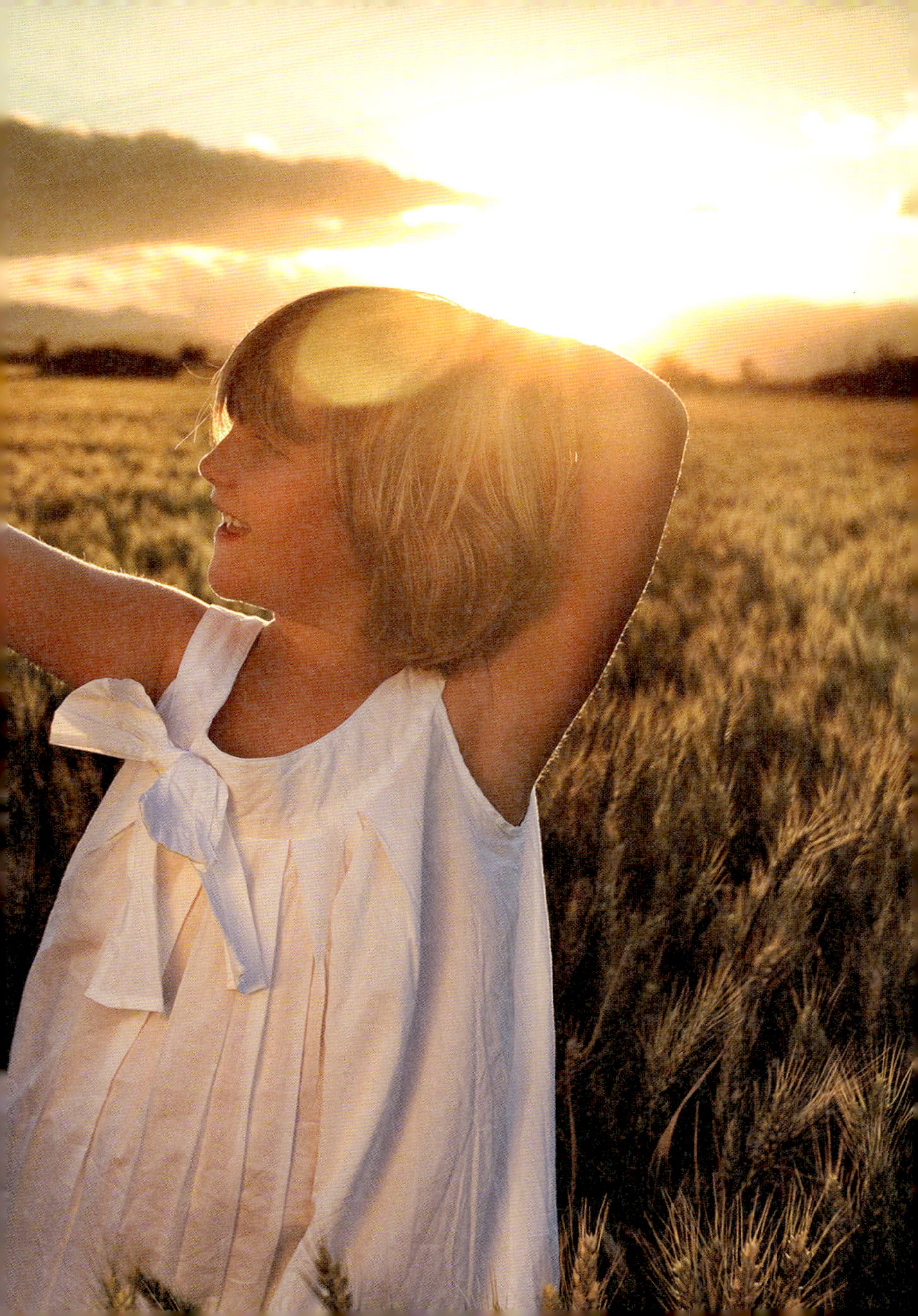

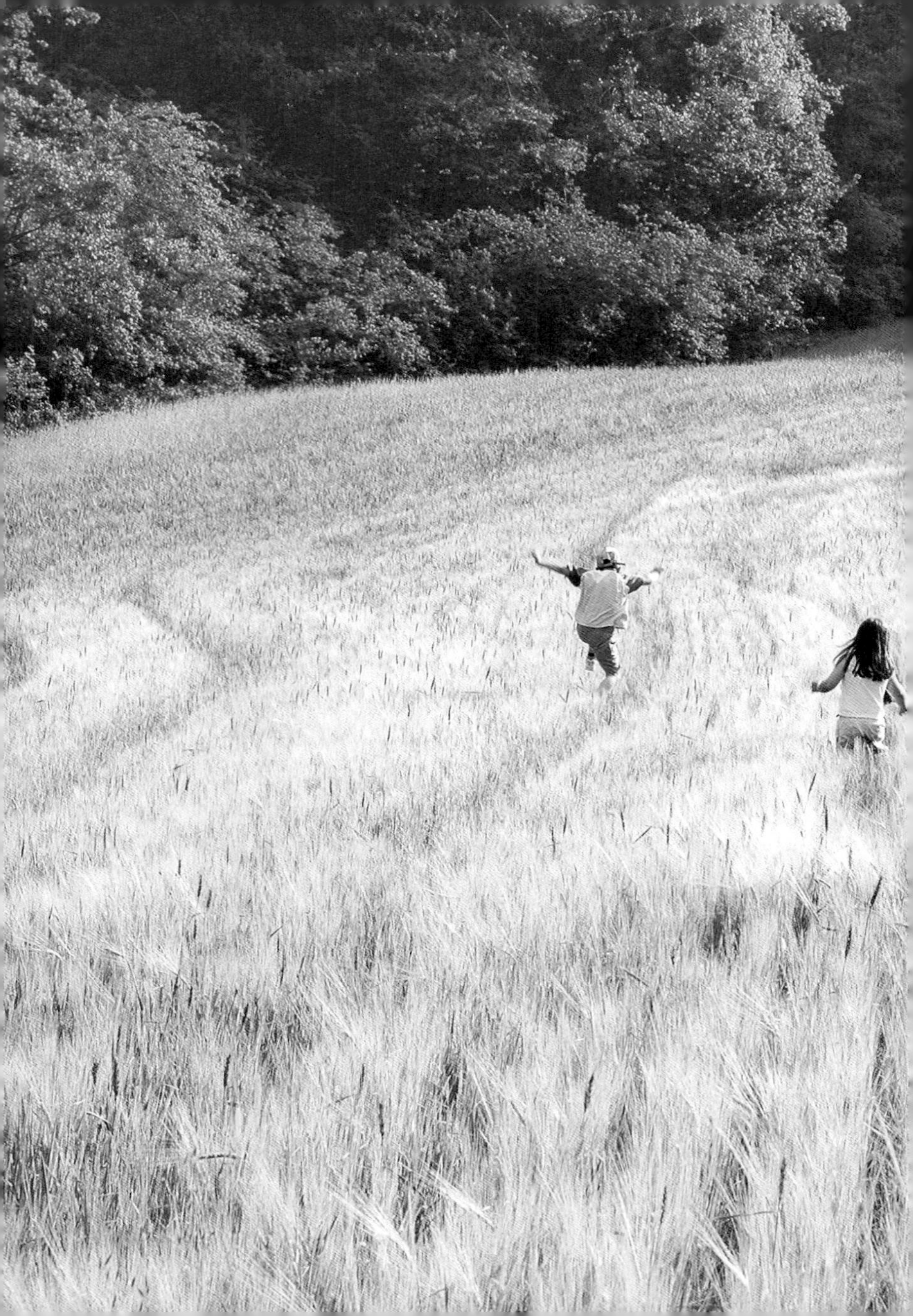

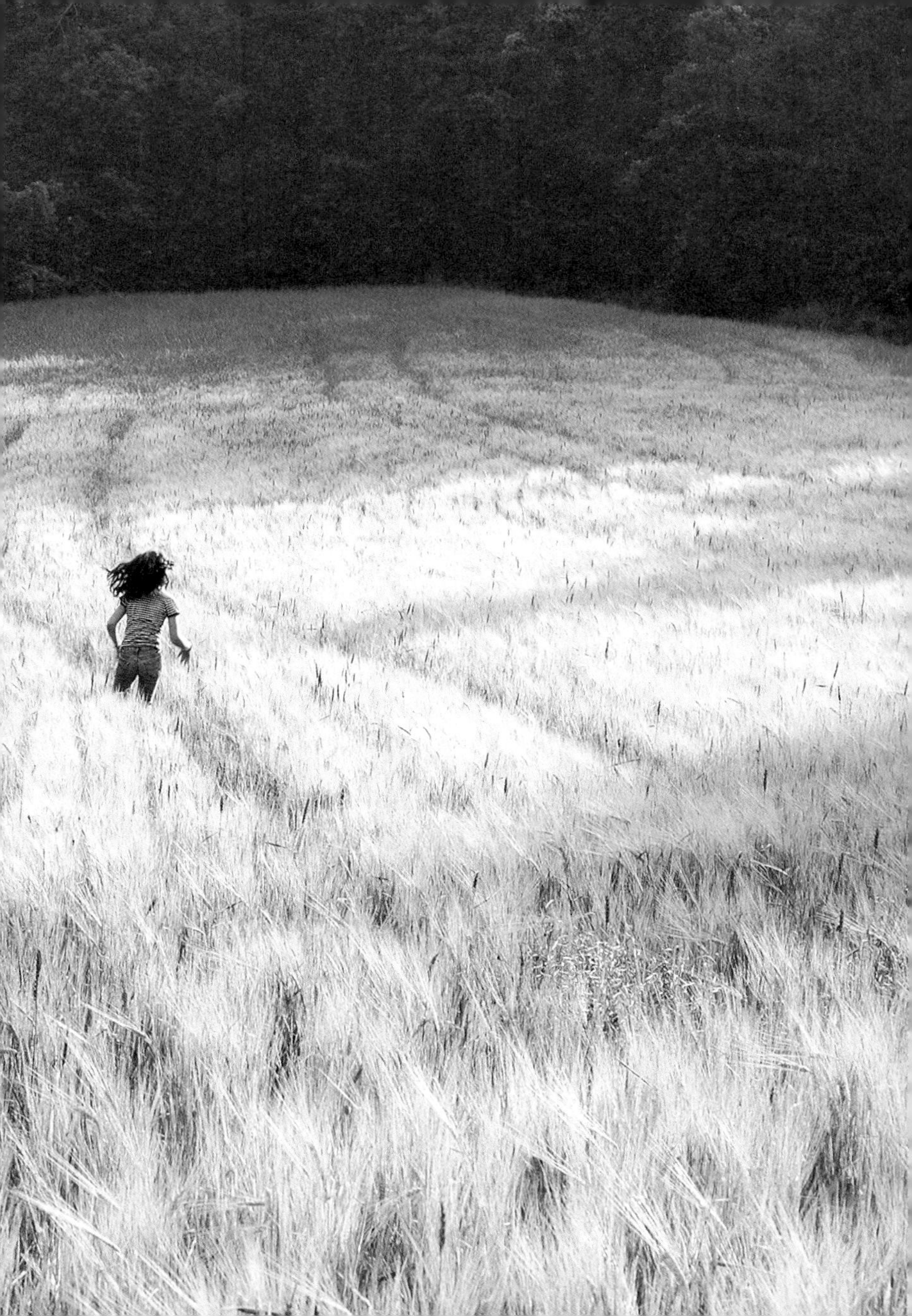

エピローグ

　27人に聞いた、最後の夜の過ごし方。家族と過ごすと言った人。つとめて普段通りに過ごすと言った人。とにかく飲んで騒いで楽しむと言った人。新しいことを始めると言った人。それぞれがそれぞれで、とても"らしい"アンサーだった。

　では僕は。
　やり残したこと、沢山あるなあ。ああすれば良かった。こうすれば良かった。そんなことは山ほどある。創ってまだ発表していない曲もあるし、やりたくてまだ出来ていないライブの演出だってある。まだ時間があるのなら、それらのやり残したことをとことんやろう。限られた時間を使って、その一つ一つを真摯に実行してゆこう。この本を書いていて、力強くそう思った。今日という日が続く限り、僕らにはそのチャンスがあるのだから。

　もう出来ないこともある。
　オヤジと酒、飲みたかったなあ。二人で朝まで。普段なら聞きづらいことも二人だけでなら聞けそうな気がするでしょ。僕が30になる前のある朝、あっさりとこの世を旅立ってしまったから、そのタイミングを僕は唐突に、そして完全に失った。聞きたいことは山ほどあった。どうやって母と出逢って、恋に落ちて、なんて言って口説いたのか（その手口は僕のそれと似ているのだろうか）？　僕が生まれてどう思ったのか？　老後はどうやって過ごすつもりだったのか？　根掘り葉掘り聞きたかった。僕が結婚したことも、子供がいることも、直接報告出来ていない。感想を聞けていない。いつの日かやろう。その日が来たら言おう。でも"その日"は来ないかもしれない。父の死はそれを僕に身をもって教えてくれた。

　今まで生きてきて、一番悲しかったこと。父親が死んだ日。それに立ち

会えなかったこと。
　今まで生きてきて、一番嬉しかったこと。子供が生まれた日。それに立ち会えたこと。

　人生は出逢いと別れだ。父が母と恋をして、僕が生まれて、妻と出逢って、そして娘がいる。乙武洋匡の言葉を借りれば、6900000000分の1。その奇跡の出逢いに、改めて感謝しようと思った。

「世界が今夜終わるなら、どうする？」
　ある日の朝午前5時半。まだ寝ていた妻を無理矢理起こし、耳元でふと聞いてみた。なあ、どうする？
「ん、寝る」

"ラップで世界をプラスの方向に"。そんな気持ちでレーベルを作って、活動を開始した。ラップラス。言葉を使い、大好きな音楽に乗せて、メッセージを発信し、会場に足を運んでくれた人々を一つにし、その人々の明日への活力となるよう、唄おうと思っている。"世界をハッピーに。そのためにまずは身近な人をハッピーに"。それをキーワードとして、音楽活動を、これからも、そしてこれまで以上にやっていこうと思っている。作品を創り続け、とにかくライブをやり倒そう思っている。だから、まずはこいつを幸せにしよう。世界が終わるその夜が、僕のもとにもやってくるとするならば、一番近くにいるこいつと娘を、最後まで楽しませなくては。そんな風に思っている。

「寝る。三人で」
　完全に寝ぼけた寝起きの妻は、でもそう言った。三人で寝る。いいね。

同じだよ。
　世界が今夜終わるなら、僕は一番近い家族を盛り上げるために歌を唄おう。その日創った一番新しい歌を唄おう。シンプルなコードをギターで奏でながら、その上で、出来上がったばかりのラップをしよう。言い残したこと、伝えきれていない気持ちを言葉にして、全部歌にしてしまおう。最後の夜だって、やっぱり楽しくなければならない。ハッピーでなければならない。そして最後の時間が来る前に、三人で寝ちまおう。いつもと変わらず、早めに寝ちまおう。ぐっすりと寝ちまおう。
「おやすみ」

　世界が今夜終わるなら。
　君はどうする？

# 世界が今夜終わるなら／GAKU-MC

仮にこの世界が今夜終わるなら　僕はなにをするのかな
残された時間が限られてるなら　君はなにをするのかな

笑いながら君はどうせさ　「アナタはいつも大袈裟」
なんて言うに　違いない　だけども未来はもうないみたい
そうさ　これはちょいと確かな　筋からの　話さ
つもりつもった環境問題のつけがたまって　気付けばこの日付だ
いつ来たっておかしくはないんだぜ　まだ大丈夫なんて安易だぜ
詳しい話はおいとくが　この異常な気候もそのサインだぜ
残された夜今夜が最後　だとしたなら僕たちは何をすべきなんだ？
二度と開けない夜明けさ　残り時間はあとわずか

仮にこの世界が今夜終わるなら　僕はなにをするのかな
残された時間が限られてるなら　君はなにをするのかな

ドライブ　波乗り　フットボール　最後の晩餐はフルコース
セックス　ドラック　ロックンロール　笑い飛ばすんだ life is a joke
必死こいて貯めたキャッシュマネー　使い切れずに　意味なくなんぜ
かくしておいたＨなＤＶＤ　ばれる心配すらもう無意味
些細なことで喧嘩中の友に　会ってなかったばあちゃんのとこに
伝えておかなきゃ感謝の言葉を　今の僕があるのもそこだろ
どっかの馬鹿がおかしくなって　押しちゃいけないボタンを押すかもね
その前に人から退化して　サルになって　君を愛すのさ

仮にこの世界が今夜終わるなら　僕はなにをするのかな
残された時間が限られてるなら　君はなにをするのかな

やり残したことへの未練が　越えられたはずの試練が
後悔と反省と　己のジレンマ　この胸の奥が痛えんだ
だから　なくなったと仮定した未来　変えてゆくのは君の意志次第
今日が　人類最後の日　じゃなけりゃ　残った人生の　最初の日

仮にこの世界がまだ続くなら　君はなんだってできるのさ
残された時間が限られてるから　僕らはここで唄うのさ

残された時間が限られてる今　君はなにをするのかな

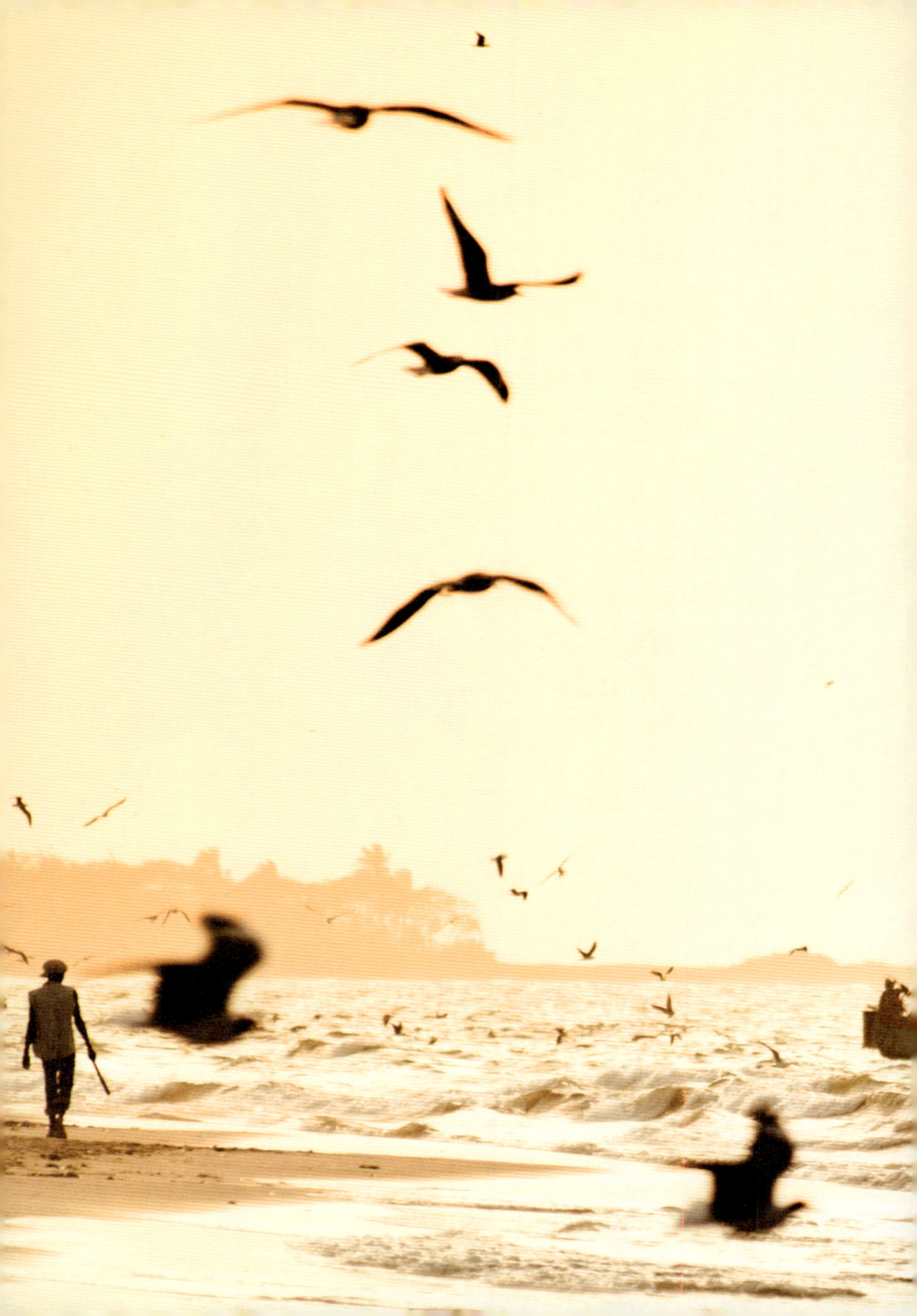

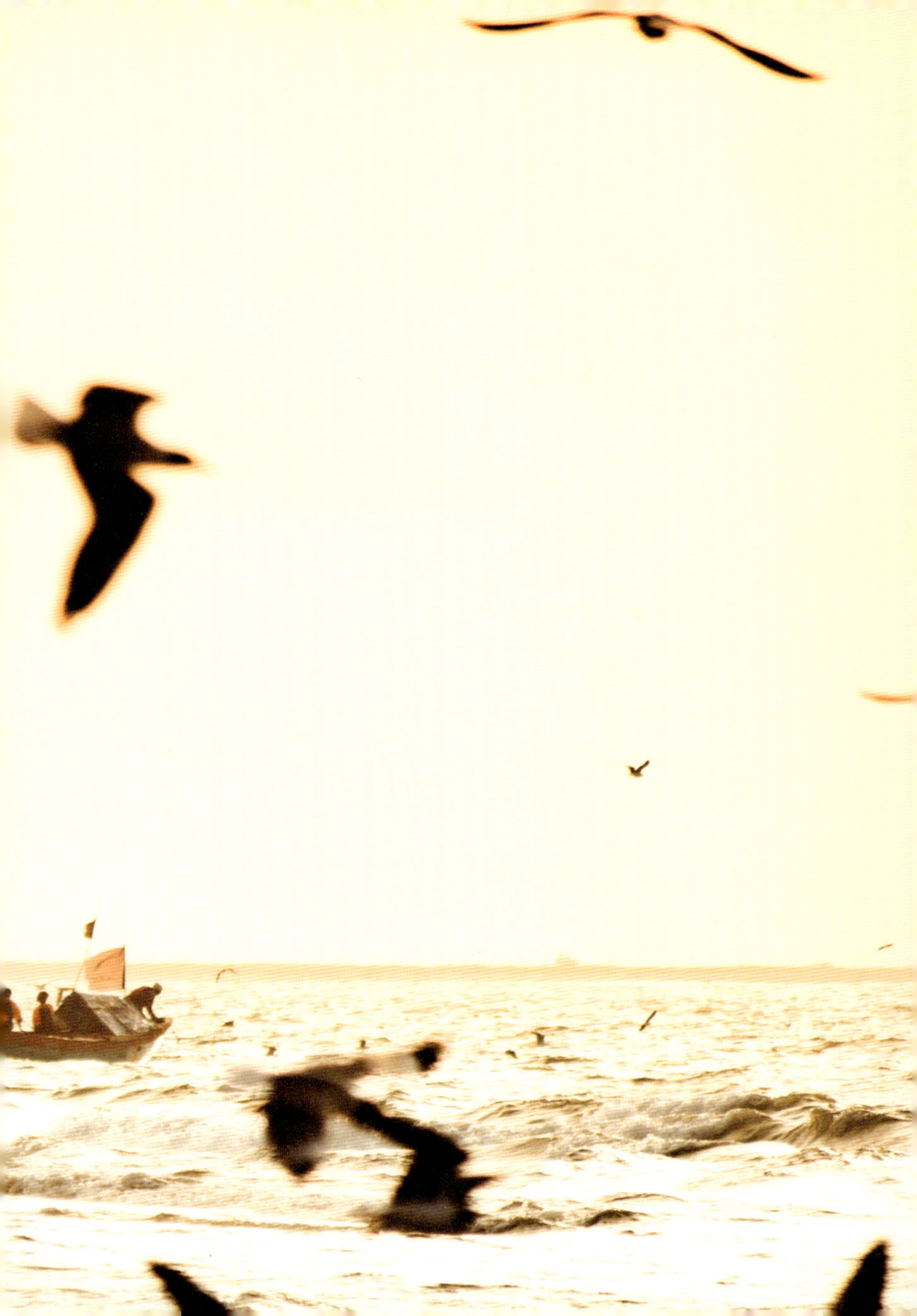

世界が今夜終わるなら

2011年11月25日　初版発行

著　者　　GAKU-MC

デザイン　　高橋 実（アシスト 大津祐子）
編集・制作　滝本洋平（アシスト 小海もも子、吉松侑紀）
AW Staff　　二瓶 明、伊知地亮、多賀秀行

写　真　　須古 恵、小海もも子、他

発行者　　高橋 歩

発行・発売　株式会社A-Works
東京都世田谷区北沢2-33-5 下北沢TKSビル3階　〒155-0031
TEL：03-6683-8463 / FAX：03-6683-8466
URL：http://www.a-works.gr.jp/　E-MAIL：info@a-works.gr.jp

営業　　株式会社サンクチュアリ・パブリッシング
東京都渋谷区千駄ヶ谷 2-38-1　〒151-0051
TEL：03-5775-5192 / FAX：03-5775-5193

印刷・製本　株式会社光邦

Thanks
森田太、前田章太郎、谷崎テトラ、伊藤亮、東野翠れん、中河原昌之、団野健、中村恭子、烏龍舎、吉本興業、エイベックス・エンタテインメント、サムデイ、たお、黒猫堂、とりあたま、ナマケモノ倶楽部、J-PLANET、オフィスサーティー、オフィスユニーク、ELDNACS、ロシナンテス、アイナックコーポレーション、メイブリーズ、東京ニュース通信社、FREE FACTORY…
この出版に携わったすべての人へ。A-Worksの皆様、ありがとう!!

Special Thanks
初めてのエッセイ。やっと出来た。この作品を手にしてくれたアナタに最大の感謝を！

ISBN978-4-902256-39-0　　　　　　　　　　　　　　　　　　　PRINTED IN JAPAN
乱丁、落丁本は送料負担でお取り替えいたします。

©GAKU-MC 2011

JASRAC 出 1113396-101

LIFE MUSIC (P40)
(Written by Todd A. Thomas / Mc Gaku)
©by Speech Music Publishing, Inc.
Rights for Japan controlled by Universal Music Publishing LLC.
Authorized for sale in Japan only.

©INAC KOBE LEONESSA (Photo：P171)

本書の無断複写・複製・転載を禁じます。